あの花に手が届けば

バンダル・アード＝ケナード

駒崎 優

Yu Komazaki

C★NOVELS Fantasia

口絵
挿画　ひたき
地図　平面惑星
DTP　ハンズ・ミケ

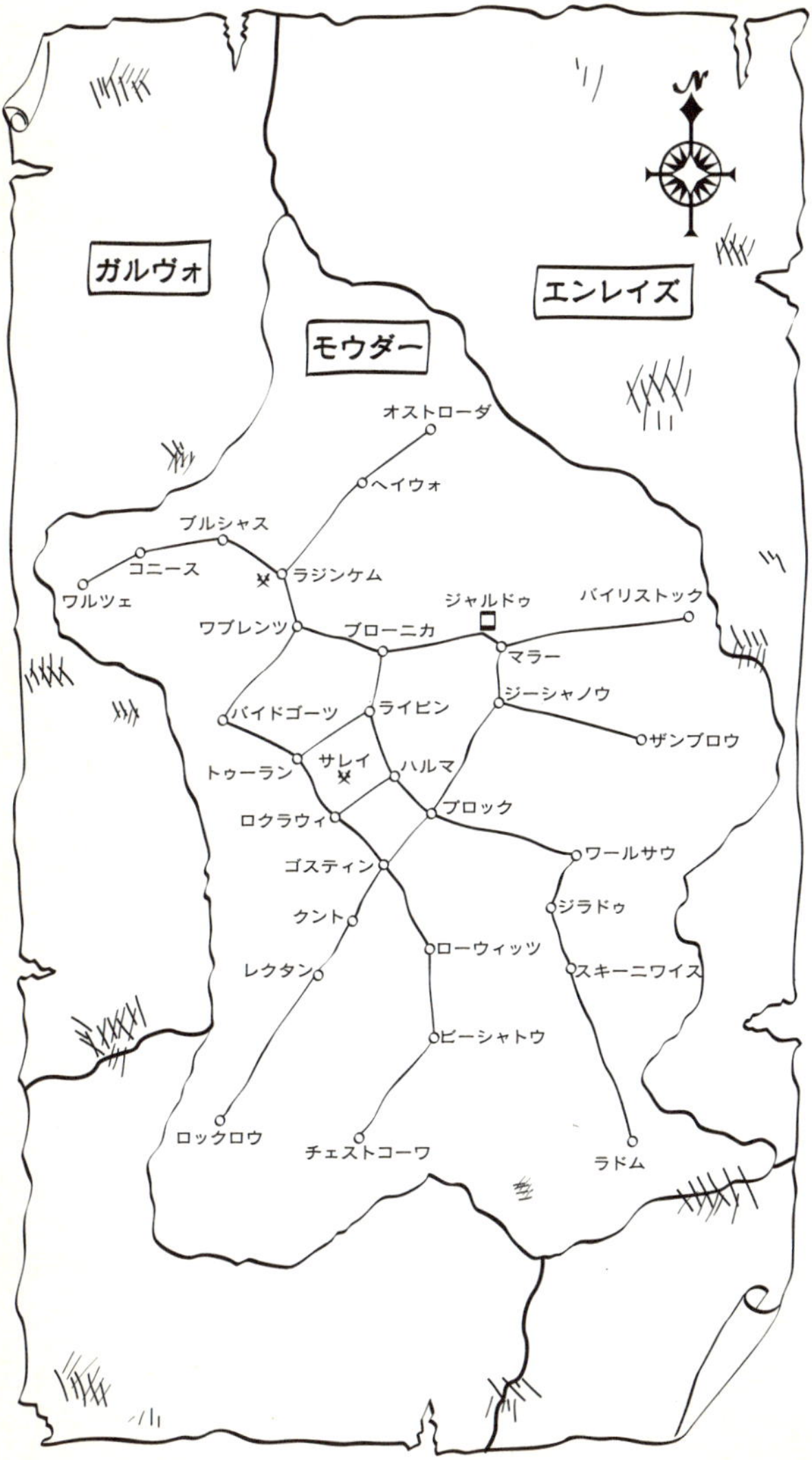

N
ガルヴォ
エンレイズ
モウダー
オストローダ
ヘイウォ
ブルシャス
コニース
ラジンケム
ワルツェ
ジャルドゥ
バイリストック
ワブレンツ
ブローニカ
マラー
ジーシャノウ
バイドゴーツ
ライビン
ザンブロウ
トゥーラン
サレイ
ハルマ
ブロック
ロクラウィ
ワールサウ
ゴスティン
ジラドゥ
クント
ローウィッツ
レクタン
スキーニワイス
ビーシャトウ
ロックロウ
チェストコーワ
ラドム

ジア・シャリース	バンダル・アード＝ケナード隊長
ダルウィン	バンダル・アード＝ケナード隊員
エルター	バンダル・アード＝ケナード隊員
マドゥ＝アリ	バンダル・アード＝ケナード隊員
ゼーリック	バンダル・アード＝ケナード隊員
ノール	バンダル・アード＝ケナード隊員
チェイス	バンダル・アード＝ケナード隊員
アランデイル	バンダル・アード＝ケナード隊員
エルディル	バンダル・アード＝ケナード一員
ソーゼン	バンダル・フィークス隊長
テレス	バンダル・ルアイン隊長
タッド	バンダル・アード＝ケナード仮隊員
メイスレイ	バンダル・アード＝ケナード仮隊員
ライル	バンダル・アード＝ケナード仮隊員
ソーマ	バンダル・アード＝ケナード仮隊員
モラー	バンダル・アード＝ケナード仮隊員
スラード	エンレイズ王
キーレン	エンレイズ軍司令官
ネル	キーレンの召使い
ダーゼ	エンレイズ軍司令官
リグレ	モウダーの貴族
デメリス	マドゥ＝アリを紹介した商人

1

大きく枝を広げた巨木の根元に、一人の男が座り込み、茂った葉の間から、晴れ渡った空を見上げている。

　黒い軍服に身を包み、濃緑色のマントを羽織《はお》った、金髪の男である。荒削《あらけず》りだが整った顔立ちは、煤《すす》と埃《ほこり》に汚れている。半ば閉ざされた青灰色《せいかいしょく》の瞳には、拭《ぬぐ》いようもない疲労感が漂《ただよ》っていた。緑の絨緞《じゅうたん》に長い足を投げ出して、彼は、打ち捨てられた彫像のように動かない。

　彼の背後から、若草を踏む微《かす》かな足音が聞こえてきた。

「シャリース」

　名前を呼ばれて、シャリースはのろのろと振り返った。やってきたのは、彼とは幼《おさな》馴染《なじみ》のダルウィンである。小柄《こがら》な身体には、シャリースと同じ軍服を纏《まと》っている。普段は陽気な男だったが、しかし今、彼もシャリース同様薄汚れ、その表情は暗かった。薄茶色の髪はくしゃくしゃに乱れ、青い目の縁は充血している。

「さっきな……」

シャリースを見下ろして、ダルウィンは一瞬唇《くちびる》を噛《か》んだ。目を逸《そ》らし、そして、小さく続ける。

「――エルターが死んだ」

シャリースは短く溜息をついた。

「……そうか……」

地面に横たえられていた剣を掴《つか》み、彼はのろのろと立ち上がった。その長身に太陽の光を浴びながら、苦々しげに、唇の端を上げる。

「これで四十二人になっちまったか……まったく大した傭兵隊《ようへいたい》だよ」

「……元々、そう大人数じゃなかったんだ。だがそれでも、俺たちは、何とかやってただろう」

宥《なだ》めるようなダルウィンの言葉に、シャリースはただ、緑の草原を見渡す。

先の国王スラードの命《めい》により、エンレイズが戦争の時代に突入してから、三十年が経過していた。

大陸の中の小国に過ぎなかったエンレイズは、スラードの指揮の元、東に位置する国々を、次から次へと飲み込んでいった。スラードが軍事の天才であったことを、否定する者はいないだろう。そしてまた彼は、有能な為政者でもあった。征服された国の人々は、エンレイズの法の元、臣民としての公平な扱いを約束され、エンレイズは名実共に、大陸の東の果てまでを取り込んだ。今から二十年ほど前のことである。

そして八年前、スラードは視線を転じ、西の大国ガルヴォへと攻め入った。

翌年、彼は死んだが、同じ名の息子が、彼の遺志を継いだ。父王の死後、王冠を戴《いただ》いて支配者としての務めを果たす一方、彼はガルヴォの攻略にも熱心に取り組んでいる。戦場になったのは、両国が境を接する大陸北部、そして、その南に位置する小国、モウダーである。

戦争が長引くにつれ、エンレイズは正規軍の他に、金で雇われる傭兵隊を抱えるようになった。一つの隊《バンダル》は、五十人から百人ほどの兵士たちで形成され、その強さは、正規軍の比ではない。傭兵たち一人一人が戦いを知り尽くし、高い技術と強靭《きょうじん》な精神力を備えている。それ故に、司令官たちは、傭兵を雇いたがった。自分の手には負えぬような難しい任務でも、傭兵たちの助言と力があれば成し遂げられるのだ。傭兵たちの中には、犯罪者や外国人、その他素性《すじょう》の判らぬ者が多数含まれており、その上彼らは、雇い主に多額の出費を強《し》いる。だが彼らの価値について、疑いを挟《さしはさ》む者はいない。彼らの存在なくして、エンレイズ軍は機能しないのである。

アード＝ケナード《バンダル・アード＝ケナード》隊は、エンレイズに属する傭兵隊の一つである。

戦争が始まって間もなく、アード＝ケナードと名乗る男によって作られた傭兵隊で、当時から今に至るまで、その勇名を轟《とどろ》かせていた。現在の隊長はジア・シャリースの名で知られており、傭兵隊長としては若年ながら、既に幾つもの勲功《くんこう》を立てている。

一昨日、モウダー西部の町ロクラウィの南西で、バンダル・アード＝ケナードとその雇い主の軍勢は、ガルヴォの一軍と衝突した。

バンダル・アード＝ケナードはその際、一度に九人もの死者を出した。昨日、一人が息を引き取り、そして今日更に、また一人が死んだ。元々大所帯ではなかったバンダル・アード＝ケナードは、傭兵隊としての体裁を繕《つくろ》うのも困難な状況に陥《おちい》ったのだ。

シャリースが隊長になってから初めての、大きな痛手だった。無論これまでにも、バンダル・アード＝ケナードが、その数を減らしたことはある。バンダルの兵士の半分以上が、死体となって地に転がった戦いもあった。その光景を、そして疲労と喪失感を、シャリースとダルウィンも覚えている。だがその時、バンダルを率いていたのは、先代の隊長だった。部下たちの死の責任を負ったのは彼で、生き残った他の部下たちではなかった。

しかしその重みは今、シャリースの両肩に、重くのしかかっている。

黙りこくったまま、シャリースとダルウィンは連れ立って、街道沿いの村へ続く道を辿《たど》った。一昨日の戦場から東へ少し行った場所にある、小さな集落だ。農家と、彼らを相手に商売する何軒かの店で成り立っている。

村に近付くにつれ、道端に座り込む兵士たちの姿が目立ち始めた。皆、正規軍の、紺色の軍服を身に着けている。村に入りきらず、野営《やえい》を強いられている兵士たちだ。通り過ぎていく傭兵たちに目を向ける者もいるが、誰も、声を掛けてこようとはしない。彼らもまた疲れ切り、戦いの痛手に打ちのめされている。

村外れに建つ古びた納屋《なや》の前には、一匹の獣《けもの》が、入り口を守るかのように座っていた。

白い、大きな雌狼《めすおおかみ》である。近付いてきた二人を、彼女は微かに尾を振って迎えた。シャリースが手を伸ばして、狼の頭を撫《な》でる。

「よしよし、いい子だな、エルディル」

そして彼は、その傍《かたわ》らに座っていた部下にもうなずきかけた。顔の左半面を刺青《いれずみ》に覆《おお》われた、浅黒い肌の若い男だ。その鮮やかな緑色の瞳に、感情らしい感情は浮かんでいない。湾曲した剣を胸に抱き、彼は納屋の壁にもたれかかっている。

「おまえも、少しは眠ったか？」

シャリースの問いに、男はうなずいた。見かけだけでは、彼がどれだけ疲労しているのか、推《お》し量《はか》ることは出来ない。だが、マドゥ＝アリという名のこの男が、これまでずっと、納屋を守り続けていたことははっきりしていた。そのお陰で、この納屋は、正規軍の兵士たちに占領されることもなく、今も、バンダル・アード＝ケナードの傭兵たちが使っていられるのだ。

シャリースとダルウィンは、がたつく扉を開けて中に入った。

間違えようのない血の臭いが、その瞬間、彼らの鼻孔《びこう》を襲った。五人の傭兵が、古い干草の上に横たわっている。瞼《まぶた》を上げて二人を見た者もいれば、ぐったりとしたまま動かない者もいる。

そして、そのうちの一人が、今、仲間たちの手によって、外に運び出されようとしていた。

「隊長」

仲間の遺骸《いがい》を持ち上げていた二人の傭兵が、入ってきたシャリースの姿を認めた。エルターの身体をそっと地面へ横たえ、脇へどく。シャリースは、骸《むくろ》となった部下の顔を見下ろした。こみ上げてきた苦いものを、無理矢理飲み下す。

「――埋めてやれそうか？」

シャリースの囁《ささや》きに、相手はうなずいた。

「どうにかしますよ」

「頼む」

エルターの遺骸は、仲間たちに抱え上げられ、納屋の外へと運ばれていった。納屋の奥に座っていた男が、ゆっくりと立ち上がる。形のいい口髭《くちひげ》を蓄《たくわ》えた、年配の傭兵だ。この納屋に負傷者が運び込まれて以来、負傷者の面倒を見ていたのは、主にこのゼーリックだった。

「ダルウィン」

静かに、彼は仲間へと声を掛けた。

「しばらく、ここを見ててくれ」

「ああ」

うなずいたダルウィンの横を擦《す》り抜けて、ゼーリックはシャリースの肘《ひじ》を摑んだ。

「ちょっと来い、シャリース」

年長の傭兵に導かれるまま、シャリースは、納屋の外へと出た。マドゥ＝アリとエルディルが、無言のまま彼らを見上げる。そちらにちらりと目をやって、ゼーリックはそのまま、シャリースを少し離れた場所へと連れて行った。

シャリースの眼差《まなざ》しは、春の草原へと向けられている。仲間の死体を運ぶ部下たちの後ろ姿が、ゆっくりとそこを横切っていく。その向こうに、バンダル・アード＝ケナードの本隊は野営しているのだ。もはや、傭兵隊を名乗るには、あまりにも貧弱な人数ではあったが。

「あれは、俺のせいか」

そちらを見つめたまま、シャリースは小さく呟《つぶや》いた。

「俺の考えが甘かったせいか」

「違う」

穏やかに、しかし、断固たる口調で、ゼーリックは答えた。

「おまえのせいだなどと考えている奴はいない。おまえも考えるな。ひどい顔をしてるぞ」

そして彼は、肩越しに、白い狼と並んで蹲《うずくま》る男を視線で指した。

「マドゥ＝アリもろくに寝てない。おまえが、あいつに心配を掛けてるんだ。顔も洗わずにぼんやりしてるから」

シャリースは苦笑して、自分の顔を擦《こす》った。言われてみれば確かに、あの戦い以来、顔どころか、指一本洗った記憶がない。普段では、とても考えられないことだ。

「ああ、忘れてたな」

そして、村の方を見やる。宿を自称するあばら家に、彼らの雇い主はいるはずだった。だが、今はまだ、顔を合わせて愛想良く振舞う気にはならなかった。恐らく、相手もそれは同じだろう。

その有能さで名高いバンダル・アード＝ケナードの傭兵を、一度に十一人も殺してのけたのは、雇い主であるキーレンその人だった。

打ち合わせは、十分にしたはずだった。夜間の奇襲では、事前の綿密な打ち合わせが何よりも重要だ。バンダル・アード＝ケナードが窪地《くぼち》で待機し、キーレンとその部下である正規軍兵士たちが敵を追い立てて、傭兵たちと挟み撃ちにする、そういう手筈《てはず》だった。単純にして、効果的な作戦だ。

月は、動き回るに十分な明かりを地上に投げかけていた。バンダル・アード＝ケナードは位置につき、待った。もうすぐ兵士たちの悲鳴が聞こえ、ろくに装備も整えていないガルヴォ兵たちが、彼らの前に飛び出してくるはずだ。

男たちの雄叫《おたけ》びが遠くに響き、傭兵たちは、各々の武器を握り締めた。

だが、しばしの間、何事も起こらぬまま時間が過ぎて行った。これはおかしいと、傭兵たちは互いに顔を見合わせた。キーレンとその部下たちが、何かまずいことをしでかしたのかもしれない。

何者かの荒い息遣《づか》いを聞きつけたときには、既に遅かった。

ガルヴォ兵たちは、雪崩《なだれ》のように、バンダル・アード＝ケナードの背後を突いた。悲鳴と怒号が、一瞬でその場を支配する。臙脂色《えんじいろ》の軍服を着たガルヴォ兵と剣を交えながら、シャリースは、何が起こったのか理解しきれずにいた。ガルヴォ人たちが一体どこから湧いてきたのか、見当もつかない。

エルディルの不在が、彼らにとっては不運だった。バンダル・アード＝ケナードを群れの仲間だと認識している狼は、その時、別の場所で待たされていた。白い毛皮に光る双眸《そうぼう》を持つ彼女は、夜の待ち伏せには不向きなのだ。だがもしエルディルがそこにいたのならば、背後から近付いてくる敵を、見逃しはしなかっただろう。

戦場にエンレイズ軍の兵士たちが駆けつけてきたとき、バンダル・アード＝ケナードの傭兵九人が、既に絶命していた。

キーレンは、兵士たちを導けなかったのだ。暗闇の中で、兵士たちは辿るべき道を外れた。ガルヴォ兵たちを驚かせるという役割だけは果たしたが、彼らはあろうことか、敵を、バンダル・アード＝ケナードの背後へと追い立てたのだ。

どちらが勝ったのかは、しかし誰にも判らない。あれは、戦闘ではなく、ただの混乱だった。誰もが目の前の敵を倒し、一刻も早く、その場から逃れようとしていた。だが闇の中では、それすらもままならなかったのだ。左右に散って逃げろと、シャリースは声の限りに指示し続けたが、一体何人の耳にそれが届いたのかも定かではなかった。

翌朝、キーレンは己の非を認めて、シャリースに謝罪した。シャリースは謝罪を受け入れた。それ以外に、何が出来るわけでもなかった。だが、雇い主を謝らせたところで、気分が良くなるわけではない。

「――俺は、あの役立たずの雇い主を、さっさと殺しておくべきだったかな」

シャリースの不穏な言葉に、ゼーリックはかぶりを振った。

「状況が悪くなるたびに雇い主を殺していたら、商売上がったりだろう。それに、雇い主が無能なのは、いつものことだ。今回は、運が悪かったんだ」

年配の男に肩を叩かれ、シャリースは唇を引き結ぶ。ゼーリックの言葉は正しい。ただ、今はそれを認めたくないだけだ。

小さく溜息をついて、シャリースは納屋を振り返った。

「マドゥ＝アリ！」

呼ばれると、遠い異国から来た男は従順に立ち上がった。まるで見えない糸で繋《つな》がっているかのように、白い狼も腰を上げる。シャリースは顎《あご》で、野営地を指した。

「ちょっと、顔を洗いに行こうぜ」

歩き出した彼の後に、マドゥ＝アリとエルディルが続く。彼らの背中に、ゼーリックが声を掛ける。

「誰か、交代を寄越《よこ》してくれ！」

返事の代わりに片手を振って、シャリースは歩き続けた。マドゥ＝アリは黙々と、その後ろについてくる。

傭兵たちは思い思いの場所に腰を下ろし、静かに身体を休めていた。

彼らの視線は、枝を広げた樫《かし》の木の下に集中している。そこでは四人の仲間たちが、農家から借りたシャベルや鍬《くわ》で、地面を掘り起こしている最中だった。エルターのための墓穴を掘っているのだ。その傍らには、真新しい墓が幾つも、剝《む》き出しの土を晒《さら》して横たわっている。

シャリースは身を屈《かが》めて、手近な場所にいた一人の肩を叩いた。相手は初めて気付いたようにシャリースの顔を見上げ、そして、眉《まゆ》を寄せた。

「今までどこにいたんだ、心配してたんだぞ」

半ば、腹を立てているような声音だ。シャリースは唇の端を下げて、その問いをかわした。元来た方を親指で指す。

「悪いが、ゼーリックと交代してやってくれ」

相手は小さく溜息をつき、立ち上がった。

「……判った」

「それから、どこかに水はないか」

「あっちに川がありますよ、隊長」

答えたのは、側にいた別の傭兵である。からかうような笑みが、その唇に宿っている。

「でも、多分、熱い湯は流れてませんけどね」

小さな笑い声が、傭兵たちの間から湧き起こる。バンダル・アード＝ケナードの傭兵たちは全員、隊長の風呂好きを心得ている。出来ることなら毎日でも風呂に入りたいというシャリースの主張は、部下たちの殆《ほとん》どから、おかしなことだと見做《みな》されていた。からかいの的となったシャリースは、彼らへにやりと笑い返し、マドゥ＝アリを伴って川を目指した。

ささやかだが澄んだせせらぎが、草原に横たわっている。大人ならば一跨《ひとまた》ぎで越えられるような小川だが、傭兵たちの野営には、十分な水量があった。シャリースはその脇に膝《ひざ》をつき、手と顔を丁寧《ていねい》に洗った。マドゥ＝アリも、それに倣《なら》う。エルディルはその横で、ただ水を飲んでいる。

と、エルディルが顔を上げた。マドゥ＝アリが素早く身を起こす。金属が触れ合う、かちりという微かな音が、シャリースの耳にも届いた。マドゥ＝アリが、自分の剣を摑んだのだ。

男たちの話し声が、彼らの方へ近付いてきていた。両手から水の雫《しずく》を払いながら、シャリースもエルディルの視線を辿る。

傭兵の黒い軍服を身に着けた男たちが十人ばかり、こちらに向かってきていた。先頭にいる大男は、彼の部下の一人だ。ノールだけは、頭抜《ずぬ》けた長身と逞《たくま》しい身体つきで、遠目でもすぐに見分けがつく。

だがシャリースは、ノールの引き連れている傭兵たちが、自分の部下でないことに気付いた。バンダル・アード＝ケナードの傭兵は、軍服の肩に白い刺繡《ししゅう》を施し、濃緑色のマントを羽織っている。しかしこちらに近付いて来る傭兵は、ある者は灰色のマントを肩に掛け、ある者は濃い茶色のマントを身に着け、そしてまたある者は、マントそのものを失くしてしまっている。

彼らは明らかに疲れ、傷付いた様子で、シャリースの方へやって来た。濡れた髪を掻《か》き上げながら、シャリースは真っ直ぐに身を起こして、彼らを待った。その横では、マドゥ＝アリと白い狼が、油断なく新参者たちを見据《みす》えている。

一団の中に、見覚えのある顔が幾つか混じっていることに、シャリースは気付いた。以前、一緒に働いたことがあるのだろう。ノールもそれ故に、彼らを案内してきたのだ。

「隊長」

案内してきたノールの声は、静かで、そして暗かった。

「バンダル・フィークスとバンダル・ヴェレルは、壊滅したそうだ」

この知らせに、シャリースは息を呑んだ。どちらもエンレイズに属する傭兵隊で、かつては共に戦ったこともある。特にバンダル・フィークスは、規模が大きなことでも知られていた。最盛期には、百人を超える傭兵が属していたはずだ。

「ソーゼンは……」

その隊長の名を、シャリースは呟く。ソーゼンとは、隊長同士として、浅からぬ付き合いもあった。小柄で華奢《きゃしゃ》な、しかし頭のいい男だった。

「ソーゼンは死んだ」

ノールの後ろにいた灰色のマントの男が、むっつりと口を開いた。

「四日前だ。ひどい戦いだった」

男は中背で、ずんぐりした身体つきをしていた。長く伸びた黒い髭が、その顔の下半分を覆っている。彼はタッドと名乗った。

「その時、うちの隊長も死んだ」

タッドの横にいた、こちらは茶色のマントの男が、静かに口を開く。四十を少し過ぎた様子の痩《や》せた男で、思慮深そうな目をしている。

「――その他にも、大勢な。雇い主も死なせちまったよ。残ったのは、ごく僅《わず》かだ」

シャリースは相手に小さな笑みを向けた。

「あんたのことは覚えてるぜ、メイスレイ」

この男とは以前、同じ焚《た》き火《び》を囲んで夜を過ごしたことがある。バンダル・ヴェレルの古株で、誰もが舌を巻くほど、たくさんの詩を諳《そら》んじていた。

「残念だったな、あんたんところは、いい兵隊を揃《そろ》えてた」

メイスレイが彼に、くたびれた笑みを返す。今はそれも、叙事詩《じょじし》の一つになってしまったとでも言いたげだった。

シャリースは唇を引き結んだ。それぞれのバンダルを代表しているらしいタッドとメイスレイを、交互に見やる。

「――それで？　俺に何の用だ？」

タッドが肩越しに、傷付いた傭兵たちを指した。

「バンダル・アード゠ケナードが、俺たちを欲しがるんじゃないかと思ってな」

黙ったまま、シャリースは片眉を吊り上げてみせる。タッドはしかし、怯《ひる》まない。

「生き残った連中の中には、傭兵を廃業して、故郷に帰った者もいた。まあ、それが一番いいんだろうが、生憎《あいにく》こちとら、帰る場所も無いときてる。それで、バンダル・アード＝ケナードが近くにいるって聞いてな――あんたんところも、大分やられちまったって。だから、俺たちにも居場所があればと思ってきたんだ」

メイスレイも、その傍らでうなずく。

「エンレイズ軍の野営地で、こいつらと会ってね。とにかく、バンダル・アード＝ケナードのいるところに行ってみようじゃないかって話になったんだよ」

シャリースは顎を撫でながら、二人の話を聞いていた。そして、おもむろに口を開く。

「なあ、気を悪くしないで欲しいんだが、俺は、新しい人間を入れることに関しては慎重なんだ。バンダルの人数が少なくなったからって、無闇に新人を入れたりしない」

「……駄目だってことかい？」

タッドの後ろにいた男が、がっかりしたような声を上げる。シャリースは男の、破れかけた灰色のマントを見やった。寝不足で、頭があまりはっきりしていないのを自覚する。重要な決断を下したい気分ではなかったが、しかし、悠長《ゆうちょう》に時間を掛けている場合ではない。彼は言葉を選んだ。

「そうは言わない。今はまだ、な。だがとにかく、バンダル・アード＝ケナードが今、人数を減らしちまってるのは確かだ」

シャリースは、やって来た黒衣の男たちを数えた。全部で九人だ。

「ここにいる全員を頭数に入れたとして、ようやっと五十一人だ。傭兵隊として、ぎりぎり体面を保てる人数ってところだよな。だから、どうだ」

彼は、傭兵たちを見渡した。

「今の契約が切れるまで、とりあえず、バンダル・アード＝ケナードで働いてもらう。契約が切れた後のことは、その時考える」

「――いいだろう」

タッドはしかつめらしく顎を引いた。

「あんたは、頭の切れる男だと聞いた。それで手を打とう」

他の者たちも、この条件に同意した。そうする以外、彼らに選択肢が無かったのも確かだろう。

シャリースはうなずいた。

「ノール、こいつらを、野営地に連れて行って、皆に説明してやってくれ。そういうことになったってな」

「あんたは、隊長？」

大男の問いに、シャリースは片手を振った。

「俺は、静かな場所を探して、少し眠る」

「……ああ、その方がいい」

ノールがうなずく。ゆっくりと踵《きびす》を返す彼に、傭兵たちがぞろぞろとついていく。

タッドだけが、その場に留まった。好奇心を一杯に湛《たた》えた眼差しで、マドゥ＝アリを見ている。白い狼が警戒して歯を剝き出したが、彼は殆ど気にも留めていない。

「そいつが、例の、有名な男だな。三人がかりで掛かってきた正規軍兵士の小指を、三本まとめて切り落としたっていう」

話題にされた当人はしかし、眉一つ動かさずに、タッドを見返している。

マドゥ＝アリは、間違いなく、バンダル・アード＝ケナードで一番腕のいい傭兵である。

もしかすると、あらゆる傭兵たちの中で、最も恐ろしい男かもしれない。誰も太刀《たち》打ちできない。その速さと、急所を狙う腕の的確さには、誰も太刀打ちできない。だが、一度戦場を離れれば、彼は無力な子供に等しかった。自分に向けられる悪意に、彼はあまりにも無防備だ。生まれ育った場所で、彼は、自分の身を守ることを教えられなかったのだ。

タッドの言葉に、シャリースは眉を上げた。どうやら、いつの間にか、話が大きくなっているらしい。

マドゥ＝アリと戦った正規軍兵士は二人で、小指を切り落とされたのは、そのうちの一人だけだ。だが今、その誤解を正す気は無い。

「名前は、マドゥ＝アリだ」

本人の代わりに、シャリースは答えた。

「面白半分にまとわりつくと、おまえも、痛い目に遭《あ》うぜ」

「喋《しゃべ》れねえのかい？」

無表情に自分を見ているマドゥ＝アリに、タッドは目を眇《すが》める。シャリースは溜息をついた。

「喋れたとしても、おまえの相手をするかどうかは、本人が決めることだ」

彼が歩き出すと、マドゥ＝アリとエルディルも、当たり前のようにその後に続く。

髭を撫でながら、タッドは、その後ろ姿を見送った。

バンダル・アード＝ケナードの雇い主であるキーレンは、中背で小太りの男である。

年齢は、シャリースと同じ三十二歳だが、年よりも若く見える。暗褐色の髪を短く刈り込み、角ばった顎は綺麗《きれい》に剃《そ》っている。彼はエンレイズの貴族の務めとして軍に入り、兵を率いて、このモウダーの戦場へとやって来た。敵国ガルヴォを自国の領土に追いやり、エンレイズの利益を守るため、熱心に仕事に取り組んでいる。

彼が勤勉で、職務に忠実であろうとしていることについては、シャリースも認めている。しかし、熱血漢が、怠惰《たいだ》な人間よりもましであるとは、必ずしも言い切れない。

粗末な宿の一室で、彼らは古ぼけたテーブルを挟み、向かい合わせに座っていた。

バンダル・アード＝ケナードの野営地を使いの兵士が訪れ、シャリースに、雇い主が会いたがっていることを告げたのだ。兵士は運が良かった。もし、シャリースが目覚める前にやって来ていたら、彼は他の傭兵たちによって、直ちに追い返されていたことだろう。あの悲惨な戦い以来、誰もが、若い隊長に気を遣《つか》っていた。

キーレンとシャリースの間では、一人の少年が、杯《さかずき》にワインを注《そそ》いでいる。

痩せてひょろ長い身体つきで、褐色の巻き毛はいつもくしゃくしゃに乱れている。大きな丸い目は熱心に、テーブル越しに対峙《たいじ》する二人を観察していた。

ネルという名の、この十四歳の少年は、キーレンの身の回りの世話をするために雇われている。しかし、召使いの仕事よりも傭兵の仕事の方に興味が傾いているらしく、バンダル・アード＝ケナードが主人と契約を結んで以来、何かと理由をつけては、シャリースや、彼の傭兵隊のところへ遊びに来ていた。傭兵たちも、この少年には親切に接してやっている。

シャリースは、ネルからワインを受け取った。一眠りして食事を摂《と》った今は、雇い主を非難する気も失せた。少なくとも、本人は己の非を認め、反省している。雇い主に、それ以上を求めることは出来ない。それは、シャリースも承知していた。

「……それで、次はどうする」

ワインを口に運びながら、シャリースは相手を見やった。馬を駆った使者が、北の方角から村に到着し、キーレンに面会を求めていたことは、既にシャリースも聞き及んでいる。ロクラウィ近郊にいるはずの本隊から、何か重要な知らせがあったに違いない。

勇気を奮い起こすかのように、キーレンは、ワインを呷《あお》った。空《から》になった杯を置き、地図を広げる。

「知らせが届いた」

言いながら、キーレンは地図上の一点を指す。

「ダーゼ伯爵の部隊が、プロックから北上する——この道筋だ」

プロックは、彼らのいる場所から東へ一日進んだところにある町である。キーレンは、そこから蛇行《だこう》しながら北を目指す道を、指先で辿ってみせた。

「三日の内に、我々は、伯爵の軍に合流しなければならない。ガルヴォ軍が、トゥーランの東側で目撃されているが……」

「奴らの規模は？」

シャリースの短い問いに、キーレンは唇を引き結んだ。

「……少なくはないようだ」

シャリースは鼻を鳴らした。つまり、彼らが進むべき道筋に、敵の大軍がいる可能性があるということだ。彼は地図を覗《のぞ》き込み、眉を寄せた。

「もう少し、詳しい地図はないか？　農道まで描き込んであるような」

「ネル」

主人の合図を受け、少年は部屋の隅に置かれた書き物机に飛びついた。雑然と重ねられていた紙の中から、一枚を選び出す。キーレンが、モウダーに入ってから手に入れた地図だ。少年がそれを二人の男の間に置き、傭兵とその雇い主は、それを具《つぶさ》に検討した。

「……よし、じゃあ、明日の夜明けに出発だな」

およその予定を決めて、シャリースは立ち上がった。

「あんたの部下には、詳しいことは知らせない方がいい。行く手にガルヴォ人がうようよしているなんて聞いて、浮き足立つと困るからな。道の偵察は、俺たちでやる」

「……判った」

キーレンは大人しくうなずき、シャリースは内心でほっとした。恐らく数日前であれば、キーレンは偵察に、自分の部下を使いたがっただろう。だが、自ら招いた混乱で、彼自身、部下である正規軍兵士を多数失っていた。戦いの玄人《くろうと》である傭兵に主導権を渡すことも、やむを得ないという心境になったのだろう。

シャリースは宿を後にした。頭の中では、納屋に

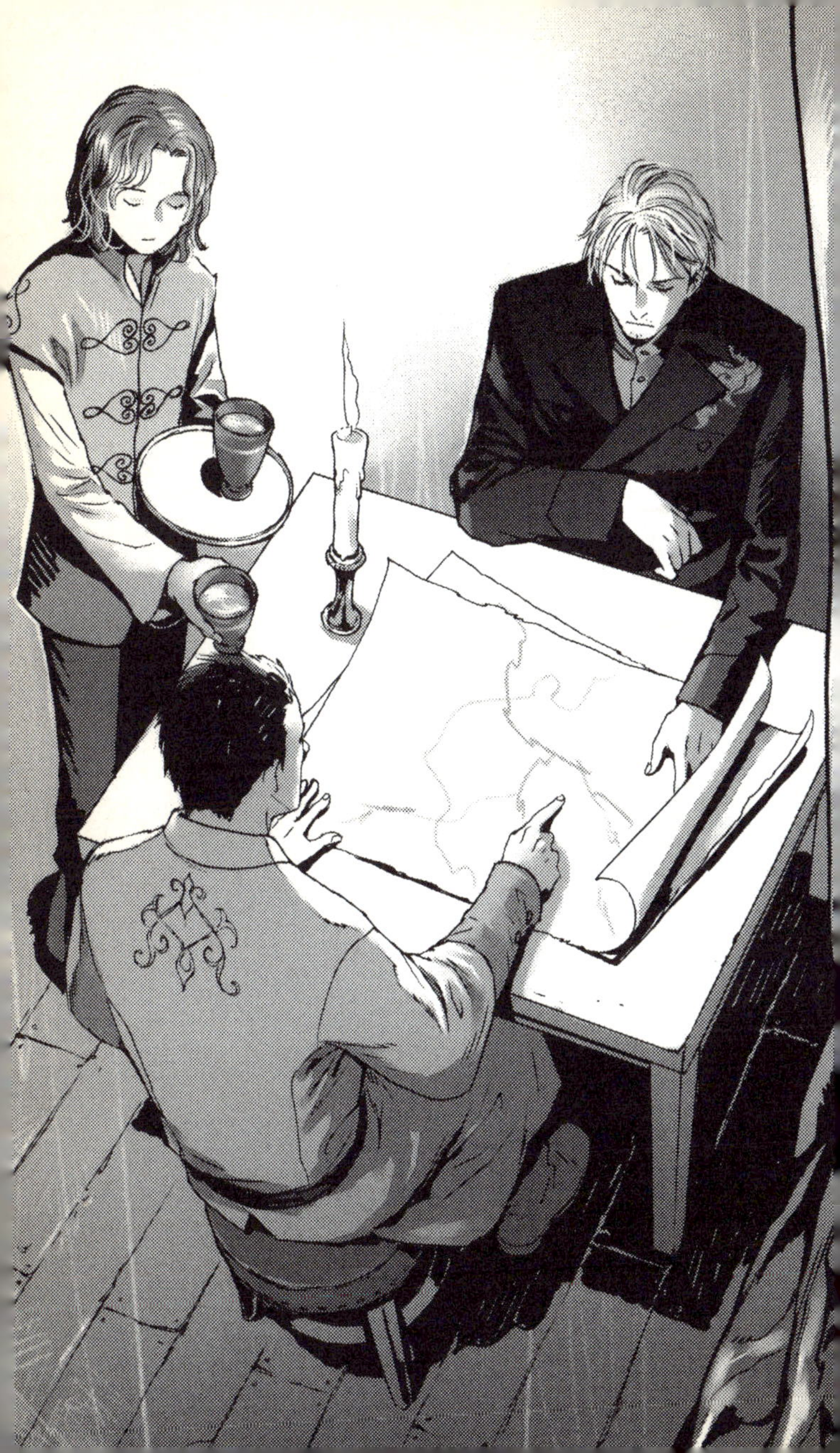

いる怪我人たちのことを考えていた。出立は明日だ。彼らは、この村に置いていくしかない。彼らの面倒を見てくれるよう、住人の誰かに頼まなければならなかった。相応の金さえ払えば、引き受けてくれる者もいるはずだ。

軽い足音がついてくるのに気付いて、シャリースは肩越しに振り返った。そして、立ち止まる。召使いの少年が、不安げな面持ちで彼を見ていた。

「……何か用か？」

長身の傭兵隊長に見下ろされ、ネルは、困ったように首をかしげた。

「あの――怒ってます？」

おずおずと尋ねる。シャリースは片眉を上げた。

「何を？」

「キーレン様が……その、へまをやらかして、たくさん人が死んじゃったこと……」

少年は言いかけ、そして口ごもった。

「……契約を打ち切って、僕らを置いて行っちゃったりしないですよね？」

どうやら、主人とシャリースの仲を心配しているらしい。或《あるい》いは、傭兵たちに見捨てられれば、自分たちの身も危うくなると危惧《きぐ》したのかもしれない。

シャリースは片頬《かたほお》を吊り上げた。

「いいか、ネル、俺たちは、命張って戦うのが商売だ。戦い続けるからには、いつか誰かの手に掛かって死ぬことになるだろうと、腹を括《くく》ってる」

手を伸ばし、彼は少年のくしゃくしゃの巻き毛を、更に掻き回した。

「雇い主がへまをしでかしたからって、いちいち契約解除してたら、傭兵なんかやってられねえぜ」

ゼーリックに言われたばかりのことを、シャリースは無意識のうちに繰り返していた。少年が、ほっとしたような笑顔になる。それを見届けて、シャリースは再び歩き出した。

昨日まで、契約の解除を本気で考えていた自分を、胸の内で嘲《あざけ》りながら。

野営地に戻ってきたシャリースを、傭兵たちは、用心深い眼差しで迎えた。

皆、隊長が、雇い主と会ってきたことを知っている。何か無理難題を押し付けられたのではないかと、警戒しているのだ。

シャリースは彼らを、声の届く場所に呼び集めた。臨時に雇い入れられた九人も、神妙な面持ちでそこに加わっている。

「明日の朝、出発だ」

シャリースは彼らの顔を見渡した。

「北に向かう――まあ正確には、大体北の方角ってところだがな。ダーゼ伯爵の部隊と合流することになってる。だが、問題がある」

傭兵たちは黙って、隊長の説明を聞いている。シャリースは言葉を継いだ。

「ガルヴォの奴らが、俺たちの通り道で昼寝しているかもしれない」

「いつだって、何かしらの問題はあるさ」

軽く言ってのけたのは、ダルウィンである。シャリースはうなずいた。

「だからと言って、正面からぶつかっていく気はない。誰だって、無駄に腹の減るような真似はしたくないだろう。なあ?」

賛同の声が、傭兵たちの間から漏《も》れる。

「それで、だ。ちょっとばかり手間を掛けなきゃならんが――」

シャリースは、これから辿るべき道と、常に斥候《せっこう》を出し、細心の注意を払わなければならないことを、部下たちへ説明した。

「正規軍の奴らに、今言ったことを、べらべら喋ったりするなよ」

最後に、そう付け加える。

「びびって逃げ出す奴がいると困るからな」

小さな笑い声がそこここから上がった。その中には、少しばかり神経質な響きも混じっていたが、それは仕方のないことだろう。

明日の出発に備え、シャリースは、部下たちに休むよう命じた。三々五々散っていく彼らを見ながら、幼馴染を傍らに呼ぶ。

「新入りの様子はどうだ？」

ダルウィンは唇の端を下げた。

「今のところ、大人しいね」

そして、肩をすくめる。

「だが俺の見たところ、あれは単に、疲れてるんだよ。今日ゆっくり休んで、明日になる頃には、何か起きるかもしれないぜ」

シャリースは、小柄な友人を見下ろした。

「摑み合いの喧嘩《けんか》でも始まりそうなのか？」

問い掛けられて、ダルウィンは鼻を鳴らす。

「かも知れねえってことさ」

目線で、彼は、加わったばかりの髭の男を指した。

「特に、バンダル・フィークスの生き残りは要注意だ。タッドの野郎、相当苛《いら》ついてるぜ。さっきも、仲間同士で何やら言い争ってた」

シャリースはそちらを見やった。タッドは一人で、草の上に寝そべっている。わざわざ、バンダル・フィークスの仲間に背を向けていた。その様子はまるで拗《す》ねた子供のようで、シャリースは思わず溜息をつく。

「俺が仲裁に入るべきだと思うか？　父親か何かみたいに？」

「おまえの親父は、ガキ同士の喧嘩に、口を挟んだりはしなかったがな。いつだって、放っておかれた。止めに入ってたのは、俺の親父だ」

ダルウィンはにやりと笑った。

「だが、親父がやってたみたいに、首根っこ摑んで引き剝《は》がすわけにもいかないだろう。皆、いい大人だ。図体もでかい。それに、ガキの喧嘩と違って、翌日にはすっかり忘れてるなんてことでもなさそうだ」

シャリースは諦《あきら》めたように空を仰《あお》いだ。

「——とにかく、しばらくは大丈夫だろう。せめて、今夜くらいはゆっくり寝ようぜ。明日からは、真面目に働かなきゃならねえからな」

日が沈み、月が高く昇る頃には、傭兵たちは深い眠りに就いていた。

だが、例外もいる。マドゥ＝アリは、バンダルの仲間から少し離れた場所にいた。柔らかな草の上に身を横たえたまま、彼は、じっと目を凝《こ》らしている。

先刻から、エルディルが落ち着かないのだ。普段は彼に寄り添って眠る白い狼は、うろうろと歩き回ってはじっと耳を澄ませ、座り込んだと思えばすぐに立ち上がる。何かが起こりそうな気配に、マドゥ＝アリも神経を尖《とが》らせる。

エルディルが立ち止まった。その視線はじっと、街道の方へ注がれている。マドゥ＝アリが身を起こすと、狼は、甘えて焦《じ》れたような鼻声を漏らした。

白い狼の背中に手を置きながら、マドゥ＝アリは、彼女の見ている方角を見やった。

街道を、誰かが速足に歩いていく。それは、ただの黒い影でしかなかったが、人間であるのは確かだった。村の方から、傭兵たちの野営地の脇を通り、更に先へと向かう。

その影は間もなく彼らの視界から消え、エルディルはようやく、母親代わりの男の横に座り込んだ。白い毛皮を撫でながら、マドゥ＝アリはしばらく、影の行く手を見つめていた。だが、戻ってくる気配はない。

再び横たわると、エルディルは、彼の隣に丸くなった。そのぬくもりを感じながら、マドゥ＝アリも眠りに就いた。


空が明るくなり始めた頃、バンダル・アード＝ケナードは動き始めた。

正規軍が支度を整える前に、行く手の安全を確認しなければならない。シャリースは傭兵たちの中から、五人を選び出した。いずれも目が鋭く、逃げ足の速い男たちである。この五人が斥候として、本隊に先立って出発するのだ。

草の上に地図を広げ、シャリースは彼らと、細かい道順を再確認した。

「まずいと思ったら、すぐに戻って来い」

最後に、そう命じる。

「敵の数や司令官の名前なんか、無理して確認しなくたっていい。別に一戦交えたいわけじゃないんだからな」

「エルディルを連れてってもいいすかね?」

言い出したのは、チェイスだった。そばかすの散る顔にまだ幼さの残る、十八歳の若者だ。バンダルの中では、彼が最年少である。

「何たって、あいつが一番、鼻が利くし」

「それは、エルディルに頼めよ」

隊長の素っ気ない言葉に、チェイスはすぐさま、白い狼の元へ走って行った。正確には、彼女の側にいる、刺青の男に頼みに行ったのだ。マドゥ＝アリが命じれば、エルディルは従う。そしてマドゥ＝アリが、仲間の頼みを断ることは滅多にない。

間もなく、チェイスはエルディルを従え、意気揚々《ようよう》と戻ってきた。シャリースは、他の四人にうなずきかけた。

「じゃあ、頼んだぜ」

五人と一匹は、斥候の任を果たすべく出発し、残りの傭兵たちは、正規軍の準備が整うのを待った。司令官であるキーレンは、早朝の行軍を苦にしていないが、部下たちが彼と同じ意見だとは限らない。彼らの多くは、出来るだけ長い時間、ぐずぐずしていたがるものだ。

シャリースはぶらぶらと、村外れの納屋へ向かった。昨日、納屋の持ち主とその妻に交渉した結果、彼らが、動けない部下たちの面倒を見てくれることになっていた。費用と礼金は予《あらかじ》め渡したが、それがなくとも、この夫婦が怪我人の世話を疎《おろそ》かにすることはないだろう。もし仲間が粗略に扱われたら、傭兵たちがどう考えるか、シャリースはそれとなく、この夫婦に理解させていた。恐らく彼らは、支払われた金の価値以上の世話をしてくれるはずだ。

出発の前に、残される部下たちの顔を見ておきたかった。先に命を落とした者たちとは違い、彼らは回復するだろう。だが、共に行軍出来るようになるまでは、まだ時間が掛かる。

納屋に顔を覗かせると、既にゼーリックが、怪我人たちの様子を見に来ていた。

年配の傭兵は、シャリースにうなずきかけた。怪我人の一人が、横たわったまま、シャリースに笑みを向ける。

「じゃあ俺たちは、しばらくここでごろごろしてていいわけだな？」

シャリースは相手を見下ろし、唇の端を吊り上げた。

「仮病使って俺を騙《だま》そうなんて考えてやがったら、承知しねえがな」

「面倒見てくれんのは、あのおばさんでしょう？」

別の一人が少しばかり頭を起こし、皮肉な口調で言う。

「動けるもんなら、すぐにも起き上がってついて行きますよ」

シャリースは鼻で笑った。確かに、昨日会った農家の主婦は、世話を焼かれて心躍るような女性ではなかった。

「おまえらに若い美人を宛《あて》がって出かけるほど、俺は馬鹿じゃないんだ。諦めな」

今のところ、部下たちが深刻な状況でないのを確認して、シャリースは納屋を出た。ゼーリックが、その後に続く。

「奴らはじきに良くなるだろう」

年配の傭兵は、マントの形を整えながら言った。

「問題は、俺たちの方だな」

その口調には含みがある。シャリースは片眉を上げて、隣を行く男を見やった。

「行く手にガルヴァ軍がいるってこと以外にも、何か問題があるのか？」

「バンダル・フィークスだ」

ゼーリックは目線で、自分たちの野営地を指した。

「彼らは様子がおかしい。何か隠してるのかもしれない」

「昨日、ダルウィンも同じようなことを言ってたな」

シャリースはうなずいた。

「タッドが、元の仲間と揉《も》めたとか」

「あいつは、傭兵としてはいい腕をしている」

ゼーリックはそう分析してみせる。

「頼りにされてもいるだろう。だが、協調性には欠けるな。小さな火種からでも、でかい騒ぎを引き起こすかもしれん」

「なんともありがたい話だね」

溜息をついたが、シャリースにも、ゼーリックの言葉が正しいことは判っていた。なんと言っても、ゼーリックは、彼が子供だった時分から、傭兵として生活している。人を見る目も、兵士の力量を見極める目も確かだ。本人はしばしば、引退が間近であると主張しているが、今のところそれが実現する気配はなく、シャリースもそれを、ありがたく思っている。

正規軍の兵士たちはようやく荷物をまとめ終え、整列を始めた。その脇を通り過ぎようとして、シャリースは兵士たちの中に、雇い主の姿を見つけた。馬に跨《また》がり、兵士たちへしきりに声を掛けている。

「あの御仁《ごじん》もな」

その姿に目をやりながら、半ば諦め、半ば諭すように、ゼーリックは言った。

「いい司令官になれるだろう――経験さえ積めば」

シャリースは、唇に皮肉な笑みを浮かべた。

「ある程度の経験は、ここに来る前に積んできてもた。

らいたかったがな」

「判っているだろう、完璧《かんぺき》な雇い主など存在しない」

しかつめらしく、ゼーリックは応じる。

「あれよりひどい司令官は幾らでもいる。もっと悪い結果だって有り得たんだ」

「――そうだな」

シャリースが嘆息と共に認めたとき、キーレンが、彼らに気付いた。右手を振り回す。

「そろそろ出発するぞ！」

大声で傭兵隊長に呼びかける。シャリースは彼へうなずいてみせた。とうに斥候を出したことや、傭兵たちが既に準備を終えていることを、わざわざ報告することはしない。

シャリースは野営地に戻り、自分の雑嚢《ざつのう》を摑んだ。部下たちを見渡す。

「行くぞ」

隊長の短い一言に、傭兵たちは一斉に立ち上がっ

2

道は曲がりくねりながら、緩やかな丘陵《きゅうりょう》を登っていく。

バンダル・アード＝ケナードが先頭を行き、その後に、正規軍が続いた。空気は冷たく湿っていたが、空は澄み渡っている。道は丘と丘の間に見え隠れし、その周囲に、放牧された牛が、のんびりと草を食《は》んでいる。先の方には、鬱蒼《うっそう》とした森が見えていた。道は、森の中を通るらしい。

傭兵《ようへい》たちは言葉少なに、黙々と歩き続けている。シャリースは、バンダルの列の中ほどにいた。正規軍の兵士たちは、速足で長時間歩くことに慣れていない。前方の動きを把握しつつ、正規軍が遅れていないかどうかを、始終確認しなければならないのだ。

後ろから追いついてくる足音があるのに気付いて、シャリースは肩越しに、そちらへ目をやった。屈託《くったく》のない笑顔が、彼に向けられる。

「――あの男は、一体どこから来たんです？　あんな肌の色、見たこともない」

シャリースの横に並びながら無邪気にそう尋ねたのは、バンダル・アード＝ケナードに新しく加わった若者だった。

年は、二十代半ばといったところだろうか。黒い軍服はあちこち破れ、マントは失くしてしまっている。どこかで服を扱う商人と出会わぬ限り、少しばかり寒い思いをしなければならないはずだが、当人は、あまり気にしていないようだった。暗褐色の髪に、好奇心旺盛《おうせい》な茶色の目が輝いている。

彼が顎《あご》で指した先には、マドゥ＝アリがいる。シャリースは若者の視線を追い、そして片眉《かたまゆ》を吊り上げた。

「本人に訊けばいいだろう」

マドゥ＝アリは、こちらを見ていない。道の先に目を配っている。そちらから、白い狼《おおかみ》が姿を現すのを、待っているのかもしれない。

シャリースの素っ気ない一言に、若者は驚いた顔になった。

「彼は、言葉が喋《しゃべ》れないんだって、タッドが言ってましたよ」

タッドの髭面《ひげづら》を思い浮かべながら、シャリースは小さく笑った。

「試してみろよ」

しかし若者は、シャリースの側を離れようとしない。たじろいだような顔で、目をしばたたく。

「でも、迂闊《うかつ》に話しかけると、指を切り落とされるって……」

弱々しい囁《ささや》きに、シャリースは唇《くちびる》の端を下げた。

「――それも、タッドが言ったのか」

低い問い掛けに、若者は、素直にうなずいた。

「はい」

「……しょうがねえな、全く」

溜息をつきながら、シャリースは髪を掻《か》き上げた。すぐ横で、ダルウィンがにやにや笑っている。シャリースのひと睨《にら》みを受け、ダルウィンは悪びれもせず肩をすくめた。

「おまえが過保護にしてるから、そういう誤解を受けるんだよ」

彼は、新入りの若者へ目を向けた。

「おまえ、名前は?」

「ライルです」

「俺はダルウィンだ」

そしてダルウィンは、肩越しに後ろを振り返った。

「マドゥ＝アリ!」

呼ばれた男は歩調を速め、彼らの脇につく。ダルウィンはその鼻先で、ライルの顔を指差した。

「こいつはライルだ」

人の悪い笑みを新入りへ向けながら、ダルウィンはことさらもったいぶった口調で、マドゥ＝アリに説明する。

「おまえに何か、訊きたいことがあるんだってよ」

マドゥ＝アリは無言のまま、ライルを見つめた。まじろぎもしない緑の瞳に、ライルは、どぎまぎと視線を外す。

「……いやちょっと気になって——ただ、それだけなんだけど……」

今度は、ダルウィンも口を挟まない。シャリースと共に、若者がうろたえる様を見守っている。ライルはちらちらと、マドゥ＝アリを窺《うかが》った。

「あの……あんた、この辺りの出じゃないだろう? だからさ、一体どこから来たんだろうって……」

半ば自棄《やけ》になったような早口で喋り始める。マドゥ＝アリは、若者を静かに見返した。

「——ずっと、南から」

穏やかな口調で、彼は答えた。挙動不審な若者にも、動じた様子はない。

「デメリスという名の商人に連れられて、ここまで来た」

ライルはぽかんとした顔で、異国の男を見つめた。その顔に、驚いたような笑みが広がる。

「何だ、ちゃんと喋るじゃないか——」

「シャリース!」

前方を歩いていたゼーリックが立ち止まり、彼らを振り返った。

「何かあったみたいだぞ！」

その言葉に、列全体が止まった。マドゥ＝アリと新入りはダルウィンに任せ、シャリースは急いで、列の先頭へと向かった。ゼーリックが、道の先を指している。

まず目に入ったのは、軽快な足取りでこちらに向かって走ってくる、白い狼の姿だった。道沿いにいた牛たちが、狼狽《ろうばい》した足取りで数歩逃げたが、エルディルは、彼らには目もくれない。真っ直ぐに傭兵たちの間へ突っ込み、マドゥ＝アリに飛びついていく。その横で、ライルが悲鳴を上げて飛び退《すさ》る。

それを見届けて、シャリースは前方へ目を戻した。道の先から、マントをなびかせ、黒衣の傭兵たちが走ってくる。シャリースは目を眇《すが》めて、人数を数えた。五人揃《そろ》っていることを確認し、ひとまず安堵《あんど》する。

真っ先に彼の元へ辿《たど》り着いたのは、チェイスだった。そばかすの散った顔は紅潮し、殆《ほとん》ど舌を突き出さんばかりに喘《あえ》いでいる。

「奴らが……」

喉《のど》をぜえぜえと鳴らしながら、チェイスは今来た方向を指差した。

「——隠れてます……森に……」

そして、唾《つば》を飲み込む。シャリースは、若者がぶら下げている水筒を取り上げた。

「まず、水を飲め。ゆっくりな」

慌てたようにうなずいて、チェイスが水筒に口をつける。彼が水を飲み下すまで、仲間たちは辛抱強く待った。他の斥候《せっこう》たちも次々に追いついてきたが、全員息を切らしており、まともに話が出来そうな者はいない。

長々と息を吐き出しながら、チェイスは、水筒に栓をし直した。

「あの森に——」

　そしてもう一度、彼は最初から繰り返す。

「ガルヴォ軍の奴らが隠れてます」

「正規軍か？」

　シャリースの問いに、チェイスはうなずいた。

「そうっす、傭兵の姿は見ませんでした」

「エルディルを連れてって正解だった」

　ようやく口をきけるようになった一人が言い添える。

「でなきゃ気付かずに、奴らの真ん前に踏み込んでくところだったぜ」

　シャリースは眉を顰《ひそ》めた。顎に手を当て、考え込む。

「――それほど完璧《かんぺき》に隠れてたってことは」

　彼は、斥候たちの顔を見回した。

「つまり、俺たちを待ち伏せてたってことか？」

「――とにかく、何かを待ち伏せてましたよ」

　水を飲み終えた一人が請け合う。

「木や藪《やぶ》に身を隠して、一生懸命道を窺ってましたからね」

「……そうか」

　シャリースは唇を引き結んだ。そして、部下たちを振り返る。

「道を変えるぞ」

　下された決定に、部下たちは即座に従った。後方にいる雇い主にも伝令が走る。

「どうやら、命拾いをしたようだな」

　元来た道を戻りながら、ゼーリックがシャリースに話しかける。シャリースは、皮肉に口元を歪めてみせた。

「ああ、生き延びた――今回はな。だが俺としては、どうして危なくなったのか、その点を追及したいね」

　だが今すべきことは、一刻も早く敵から離れ、雇い主と、善後策を話し合うことだ。

　馬上で待つキーレンの顔には、不安の色が満ちていた。それを眺めながら、シャリースもまた、身の内に芽生えた不安を拭《ぬぐ》えなかった。

夜の帳《とばり》が世界を覆《おお》う頃、一行はようやく足を止めて、火を熾《おこ》した。

予定していた道を大きく迂回したため、彼らは目的の場所から遠ざかってしまっている。だが、今焦《あせ》っても仕方がない。兵士たちは火を囲んで食事をし、夜明けに下されるであろう出発命令に備えている。

「……そしてその断崖《だんがい》の先から
彼は空へと飛び降りぬ
腕に長き槍《やり》を携《たずさ》え
心に金の髪の乙女を抱き――」

隣の焚《た》き火《び》から流れてきた低い声に、シャリースは注意を引かれた。

まるで歌っているかのようなその声には、聞き覚えがある。メイスレイの語る詩は、美しい音楽のように、聞く者の心を掴《つか》む。それは、昔から変わらない。周囲の者たちは、彼の語る物語に聞き入っている。

古《いにしえ》の英雄を詠《うた》った長い詩を、シャリースはぼんやりと聞いていた。同じ火にダルウィンが寛《くつろ》ぎ、少しだけ離れた場所に、マドゥ＝アリとエルディルがいる。白い狼は火の側に丸くなり、心地よさそうに眠っている。

その寝顔を眺めながら、しかしシャリースは、別のことに気を取られていた。森の中で、ガルヴォ軍が彼らを待ち伏せしていた件だ。

「……俺たちの動きが、敵に覗《のぞ》き見されてたわけはない」

焚き火の炎を見つめながら、シャリースは一人ごちた。

「通り道には、人が隠れられるような場所はなかったんだからな。なのに何故、奴らは、俺たちの通る道を知ってたんだ？」

その理由が判らない限り、再び同じことが起こるかもしれない。幸い今日は回避できたが、次もまた、うまくいくとは限らない。敵の罠は巧妙に仕掛けられていた。踏み込めば、命は無い。

隣に座るダルウィンも、楽天的とは言いがたい顔である。

「もしかしたら、奴らの狙いは、俺たちじゃなかったのかも知れねえぜ。晩飯にする鹿《しか》が通りかかるのを待ってたのかも」

軽口も冴《さ》えない。ガルヴァ軍が待ち伏せる相手が、自分たち以外にないことは、彼にも判っているのだ。だがそれを素直に認めると、自分たちの身に迫る恐怖と、真っ向から対峙《たいじ》しなければならなくなる。

「隊長」

彼らの側に、影のように静かに座っていたマドゥ＝アリが、その時初めて口を開いた。

「昨夜、誰かが、野営地《やえいち》を離れてどこかへ行くのを見た」

シャリースは顔を上げて、刺青《いれずみ》の男を見やった。

「昨夜？」

「真夜中を過ぎた頃、一人でどこかへ向かっていた」

ダルウィンが眉を寄せる。

「顔は見たか？」

マドゥ＝アリはかぶりを振った。

「見えたのは、影だけだ。その時には、気にも留めなかった」

「……」

シャリースとダルウィンは顔を見合わせた。マドゥ＝アリの言葉は、彼らの恐れに、はっきりとした現実の色をつけた。マドゥ＝アリもだからこそ、それを口にしたのだろう。よほど重要な事態でなければ、この寡黙《かもく》な男が、自ら口を開くことはない。

「ここにいる誰かが、夜中にこっそり、ガルヴァ軍へ情報を流したってことか？」

シャリースが声を低める。マドゥ＝アリは肯定も否定もしなかったが、彼がその可能性を考えたのは確かだ。そしてシャリースも、その疑いを検討せざるを得ない。

「……今日の道筋を知ってたのは、キーレンと、俺たち傭兵だけだ」

彼はゆっくりと、事実を数え上げた。

「正規軍の奴らは、何も知らされていないはずだ。昨夜のうちに情報を流せたのは、傭兵だけだ」

「そうだとは言い切れないぜ」

ダルウィンが、小さな声で反論する。

「他の誰かが、俺たちの話を立ち聞きしてたのかも知れない。正規軍の奴らも、村の人間も、盗み聞きしようと思えば出来たはずだ」

シャリースはうなずいた。

「それも、考えられなくはない。だが、その考えにしがみつくわけにもいかねえだろう」

どちらにせよ、真相は闇の中だ。昨夜マドゥ＝アリが見かけた人影の正体すら判らない。その人影が敵の回し者なのか、それとも、ただ、誰かが夜の散歩を楽しんでいただけなのかも、彼らには知りようがないのだ。

「……もしかしたら、あいつには判っているのかも知れないがな」

自嘲《じちょう》気味に笑いながら、シャリースは顎で、エルディルを指した。エルディルはしかし、顔を上げもしない。ダルウィンがかぶりを振った。

「いや、駄目だろう。たとえ覚えてたって、こいつは、俺たちになんか教えてくれないだろうよ。ケチだからな」

侮辱《ぶじょく》の言葉を察知したか、エルディルが薄目を開け、金色の瞳でダルウィンを睨んだ。


敵を避けて大きく迂回しながら、彼らはひたすら歩き続けた。

もはや道と呼べるような道はない。足元は凹凸《おうとつ》が激しい上、草が絡み合っており、気を抜いていると足を取られる。強行軍に慣れた傭兵と違い、正規軍の兵士たちにとっては辛《つら》い行進となった。斥候を出して行く手を探らせつつ、シャリースは部下たちと共に、正規軍の後ろを歩いた。傭兵隊が先頭を行くと、正規軍兵士たちがついてこられなくなる恐れが出てきたのだ。後ろについてさえいれば、もし脱落者が出た際にも、彼らがすぐに助けることが出来る。

たまたま、メイスレイがシャリースの横に並んだ。茶色のマントを身体に巻きつけた痩《や》せた男を、シャリースは横目で見やった。

「昨夜のあれ、聞いたぜ。昔の詩だったたな」

メイスレイの穏やかな瞳が、シャリースを見返した。

「〝オドムの勲《いさおし》〟か」

シャリースはうなずいた。詳しいことは覚えていなかったが、それは、以前にも聞いたことのある物語だった。エンレイズに伝わる古い悲劇を扱った叙《じょ》事詩《じし》だ。

「大したもんだった。あんなのを、幾つも覚えてるんだろう？　こんな血生臭い商売からはとっとと足を洗って、そっちで生計を立てちゃどうだ？」

メイスレイは小さく笑った。

「詩を語るだけでは、大した稼ぎにはならない。そう、彼のように、若くて見映えのする男ならともかく」

彼が指差したのは、前方を歩いている一人の若い傭兵だった。バンダル・アード＝ケナードでは一番の美男で、その金の巻き毛と青い瞳に、ほだされない娘はいない。本人もその美貌《びぼう》を大層自慢にし、かつ利用しているが、一方、傭兵として十分役に立つ男でもある。

「アランデイルか。まあ、奴だって、永遠に若い色男でいられるわけはないがな」

シャリースの辛辣《しんらつ》な意見に、メイスレイは意味ありげな笑みを浮かべてみせた。

「実は昨夜、彼に頼まれたよ。若いご婦人を口説くのに、何かいい詩があったら教えてくれないかと」

「それで？」

「彼がご婦人の好意を得るのに、詩の力が入り用だとは思えなくてね。そう言ってやったら、納得したようだ。彼もまだ、傭兵稼業から足を洗うつもりは無いようだな」

シャリースは唇の端で笑った。

「ああ見えても、それなりの腕っ節でね。もっとも、一番の得意分野は、女のベッドに潜り込むことのようだが」

聞いていたらしい周囲の傭兵たちが、その言葉に忍び笑いを漏《も》らす。アランデイルの漁色家《ぎょしょくか》ぶりは、仲間の間では冗談の種になっている。彼はその美貌と口の上手さで、次々に娘たちを誘惑するが、そのために、厄介事《やっかいごと》に巻き込まれることも少なくない。

シャリースは、肩越しにちらりと振り返った。メイスレイと同じ、茶色のマントを羽織《はお》った面々が三人、一塊《ひとかたまり》になって歩いている。濃緑色のマントの傭兵たちに囲まれて、どこか落ち着かなげだ。

「バンダル・ヴェレルの連中はどうだ」

メイスレイは肩をすくめた。

「慣れるには、時間が必要だ。第一、我々はまだ、バンダル・アード＝ケナードに受け入れられたわけではないからな」

今のところ、彼らとは、この契約が終わるまでの付き合いということになっている。それが、彼らの気分に影響を与えているのは間違いない。シャリースは片眉を吊り上げてみせた。

「不服か？」

真面目な顔つきで、メイスレイはかぶりを振った。

「いや、決めるのはあんただ。あんたの考えも判るしな。誰だって、仲間は慎重に選びたいもんだし――」

その時はるか後方で怒号が上がり、シャリースは足を止めた。周囲にいた者たちも、一斉にそちらに目を向ける。どうやら喧嘩《けんか》が起こったらしい。騒ぎは、先頭を歩いていたゼーリックにも聞こえたようで、彼が立ち止まったために、バンダル全体が動きを止めてしまった。

部下たちを掻き分けて、シャリースは現場に駆けつけた。数人の傭兵たちが、草の上でもつれ合っている。バンダル・アード＝ケナードの傭兵たちが、タッドと、自分たちの仲間の一人を、力ずくで引き離そうとしているのだ。様子からして、二人は取っ組み合いの喧嘩を始めるところだったようだ。

「一体どうした」

引き離され、無理矢理押さえつけられた二人を交互に見ながら、シャリースは問い掛けた。

「こいつが俺を侮辱しやがったんだ」

タッドが吐き捨てる。髭面のいかつい傭兵を、後ろからがっちり押さえ込んでいるのはノールだった。さしものタッドも、この巨漢の腕からは抜け出せない様子だ。

「こともあろうに、俺たちが、敵に情報を売っただなんて言いやがった!」

不自由な体勢で言い募《つの》る。

喧嘩の相手は、既に、仲間の腕から解放されている。

「可能性があるって言っただけだろ」

半ば困惑したように、彼は反論した。タッドが何故それほど怒るのか、理解できないという顔だ。

「違うんなら、笑い飛ばしゃいいじゃないか」

タッドがいきり立ち、羽交い締めにしているノールの腕の中でもがいた。ノールが、問い掛けるような眼差《まなざ》しをシャリースに向ける。

髪を掻き上げながら、シャリースは溜息をついた。

「おまえな」

騒ぎの張本人の一人である若い部下を、人差し指で呼び寄せる。タッドに摑まれたらしく、若者の軍服の前には皺《しわ》が寄っている。少しばかりばつの悪そうな顔になった部下を、シャリースの青灰色《せいかいしょく》の目が覗き込んだ。

「もし、誰かが情報を敵に売ってる可能性があると思ったんなら、そういうことを本人の前でべらべら喋るんじゃない。図星突いてたらどうすんだよ」

隊長の際どい言葉に、若者が息を呑む。周囲にいた者たちの顔色も変わった。もし図星を突いていたらどうなるのか——その答えが、今のタッドの状態なのではないかと、誰もがそれを考えたのだ。タッドと同じ、灰色のマントを着けた男たちが、凍りついたようにシャリースとタッドを見つめている。

シャリースは、もがくのをやめた髭面の男へ向き直った。

「……ノール、放してやれ」

ノールが力を緩めた瞬間、タッドは手荒く、彼の腕を振り払った。真っ直ぐにシャリースへと詰め寄る。

「あんたも、俺を疑ってんのか」

食いしばった歯の間から、彼は言った。シャリースは真っ向から、タッドの燃えるような眼差しを受け止めた。

「心の底から信頼していると言ったら、嘘《うそ》になるな」

穏やかにそう返す。タッドは気色《けしき》ばみ、更に一歩踏み出しかけた。だが、シャリースは小揺るぎもせず、相手を見下ろしている。

「信用できると、証明してみせてくれ」

「……」

タッドは言葉を飲み込んだ。固く握られた拳《こぶし》が震えるのを、その場にいた全員が見ていた。

自分の足元に白い狼が寄り添うのを、シャリースは視界の隅で捉えた。恐らくその母親も、彼のすぐ後ろに控え、タッドの動きを見つめているのだろう。空気が張り詰めているのが、痛いほどに感じられる。

エルディルが牙を剝《む》き出す前に、シャリースは片足で、彼女を優しく押しのけた。表情の硬い相手の肩に手を置き、間近で気安く笑いかける。

「なあ、くだらねえことでかっかすんなよ、タッド。

退屈《たいくつ》しのぎの、単なる話じゃねえか。おまえも知ってんだろう。傭兵って奴らが、いい加減な与太話ばっかりしてる生き物だってことは。おまえだってそうだろうよ。前に一緒になったとき、強引に関係を迫ってくる金持ちの美女から、おまえが如何《いか》に逃げ出したかって話を、とっくり聞かされたっけなあ。俺は忘れてねえぜ。夢で見たような都合のいい話並べ立てやがって、いつまぜっ返してやろうかと、虎《こ》視眈々《したんたん》狙ってたんだからな」

周囲から小さな笑い声が漏れた。中には、タッドの益体《やくたい》もない自慢話を、聞いた覚えのある者もいるのだ。

掌《てのひら》の下で、タッドの肩から力が抜けるのを、シャリースは感じた。彼を見上げる目からも、先刻までの猛々しさは消えている。

不意に、タッドは踵《きびす》を返した。周囲にいた傭兵たちを押しのけるようにして、前へ突き進んでいく。傭兵たちの先頭に立ち、騒ぎが収まるのを待っていたゼーリックもまた、それを目にして歩き出した。まるで、何事もなかったかのような平然とした足取りだ。

シャリースもそれに倣《なら》った。これ以上、この問題に関わってはならない。少なくとも今は、互いをよく知らぬ者同士の、些細《ささい》な小競《こぜ》り合い以上の意味を持たせてはならない。疑心暗鬼の種は蒔《ま》かれた。だが、芽はまだ出ていない。部下たちに、仲間への闇雲な不信感を抱かせたくはなかった。そうなってしまったら、この状況を生き延びられなくなるかもしれない。

黙って歩き出したシャリースにつられたように、傭兵たちは行軍を再開した。遅れを取り戻すため少しばかり速足になったが、彼らにとって、苦になるような速度ではない。

「……タッドを悪く思わないでくれ」

再びシャリースの横についたメイスレイが、静かに声を掛けてきた。

「悪い奴じゃないが、頭に血が上りやすいんだ」

横目で、シャリースは相手を見やった。思わず苦笑する。

「……見りゃ判るよ」

「だが、あんたは頭の冷えた男だ」

メイスレイの言葉に含みがあるのを聞き取って、シャリースは片眉を吊り上げた。落ち着いた足取りで歩きながら、メイスレイは、意味ありげな視線を彼に向ける。

「冷えた頭で考えてくれ。我々は敵に待ち伏せされた。誰かが、奴らに情報を流したのかも知れん。我々の中に裏切り者がいるとしたら、どうやって、そいつを見つけ出す？」

「さあね、どうするかな」

シャリースは投げやりに肩をすくめた。

「たとえ方法があったとしても、簡単に手の内を晒《さら》す気はないがな」

メイスレイが、喉の奥で低い笑い声を立てる。


部下たちの頭越しに、シャリースは、ゼーリックが正規軍の殿《しんがり》に追いつくのを見た。


急拵《ごしら》えの野営地で、シャリースは、雇い主から夕食の招待を受けた。

呼びに来たのは、キーレンに仕えている少年だった。傭兵たちの中に派遣《はけん》されたネルは、間もなく、若い隊長の姿を発見した。既に周囲は大分暗くなっていたが、長身で金髪のシャリースは、比較的見つけやすい相手だ。

同時に、シャリースも、焚き火の炎に照らされた少年の姿に気付いた。身なりのいい少年の姿は、傭兵たちの中にあると、いかにも場違いに見える。

「どうした？」

シャリースの問い掛けに、ネルは、主人からの伝言を伝えた。

「キーレン様が、あなたと夕食をご一緒したいと

「――」

「……なあ、それって」

横から割り込んできたのは、チェイスである。そばかすの散るその顔は、好奇心と期待とで輝いている。

「何かうまい物が出るのか？」

「え？」

ネルは面食らった表情で、まだ少年のような傭兵を見上げた。シャリースが、呆れたように眉を上げる。

「呼ばれたのは俺だぞ、チェイス」

「判ってますよ」

バンダル・アード＝ケナード最年少の隊員は、悪びれもせずにうなずいた。

「ただ、傭兵隊長に従者がついてたって、別におかしくないんじゃないかって、思っただけっすよ」

馬鹿にしたように、シャリースが鼻を鳴らす。

「飯時にだけついてる従者なんか願い下げだ。おまえなんか連れてったら、俺の食う物までなくなっちまう」

「そもそも従者というものは」

側にいたゼーリックが、楽しんでいるかのような口調で解説した。

「主人が飲み食いしている間、後ろに控えているものだ。そして、主人の杯《さかずき》を満たし、言いつけられたつまらない用事をこなす――自分は何も口にせずにな」

若者が、鼻白んだ顔になる。

「……本当に？」

「あの……」

おずおずと、ネルが口を挟んだ。

「キーレン様は、自分だけ特別な物を食べたりはなさいません。いつも兵士たちと、同じ物を食べておられます」

「なんだ、つまんねえ」

チェイスが呻《うめ》き声を上げた。一気に興味を失ったように、その場から離れていく。

「あいつも、そろそろ理解していい頃だな」

その様子に、ゼーリックが小さな笑い声を立てた。

「隊長になんかなったって、いいことは何もないってことを」

「思い出させてくれて、ありがとうよ」

溜息をつきながら、シャリースはマントを手繰《たぐ》り寄せた。

「後頼むぜ」

ゼーリックがうなずき、シャリースは、ネルの後について、正規軍兵士たちの間へ踏み込んだ。

点々と散らばる焚き火の一つに、キーレンは座っていた。ネルに案内され、シャリースは、その隣の地面に腰を下ろした。どの焚き火でも、煮炊きの準備は始まったばかりである。シャリースが、夕食を共にするためだけに呼ばれたのでないことは明らかだ。

キーレンは、膝《ひざ》の上に地図を広げている。丸い顔には、何事か、深く思い悩んでいるような表情があった。

「我々は恐らく、この辺りにいるのだと思う」

些《いささ》か自信なさげに、キーレンは、地図の一点を指した。

「このまま真っ直ぐ進んでも、目的地に到着するには、二日はかかるだろう」

「昨日みたいに敵に待ち伏せされたら、もっと遅れるがな」

シャリースの皮肉めいた指摘に、キーレンは眉を曇らせる。

「そんなことにでもなれば、到底間に合わない」

「どう頑張ったって、間に合いはしないさ」

穏やかに、シャリースは雇い主に事実を告げた。ネルがおずおずと、彼に、装飾のついた水筒を差し出してくる。受け取って蓋《ふた》を開けると、ワインの香りがした。

「ダーゼ伯爵には悪いが、こうなった以上、彼には、お待ちいただくしかないぜ」

一口だけ、彼はワインを口に含んだ。そして蓋を閉め直す。それが高価な飲み物であるのはすぐに判ったが、今は、酔っ払っているわけにはいかない。

キーレンは、絶望の色をその目に浮かべた。

「日時は決められていたのに」

シャリースが地面に置いた水筒を取り上げ、中身をごくりと飲み下す。自棄になったかと、シャリースは一瞬不安を覚えたが、幸いキーレンは、すぐに、水筒に蓋をした。

「——そう、くそ真面目に考えることはない。決められた日に合流できないなんざ、良くあることさ」

戦に慣れていない雇い主に、シャリースは、戦場における現実を教えてやった。

「下手をすれば、そのまま永遠に会えなくなってることだってあるんだからな。とにかく最善を尽くすしかない。地図を見せてくれ」

今ある限りの知識と情報を駆使して、シャリースと雇い主は、明日の道筋について相談した。とはいえ、道らしい道に辿り着くには、もうしばらく時間が掛かりそうではあったが。

やがて、ネルが彼らの元に、夕食を運んできた。シャリースは野菜と干し肉のシチューに、固いパンを受け取った。キーレンの前にも、同じ物が置かれている。キーレンが兵士と同じ物を食べているとチェイスに言ったネルの言葉は、どうやら本当だったらしい。

チェイスは落胆していたが、シャリースは構わなかった。彼はそもそも、美食にはあまり興味がないのだ。それはキーレンも同じだったようだが、しかし彼は今、食事そのものに関心を失ってしまっているように見えた。ぼんやりと、炎の中を見つめている。

濃い味のシチューを口に運びながら、シャリースは、雇い主の様子を観察した。主人の後ろに控えたネルも、心配そうに、彼の背中を見つめている。キーレンはパンをちぎり、しかし口へは運ばず、ぼんやりと、それをシチューの中に落とした。

「……国に、娘がいるんだ」

突然の告白に、シャリースは虚《きょ》を衝かれた。

「へえ？」

「四歳で——夏には五歳になるな」

「そうか、いいな」

相槌《あいづち》を打ちながら、シャリースは食事を続けた。横目で、キーレンの顔を盗み見る。キーレンは、どこか遠くを見るような眼差しをしていた。

「妻と娘は、私が軍務に就いている間、私の両親の家で暮らしているんだ」

ようやく、キーレンはシチューの椀《わん》を取り上げた。だが、食べようとはしない。

「少なくともあそこにいれば、妻や娘の身が危険に晒されることはない。安心だよ」

そして彼は、傭兵隊長に向き直った。

「——君の家族は？」

「死んだよ」

シャリースの答えは簡潔だった。だがその瞬間、キーレンの顔色がさっと変わる。

「……すまん」

意気消沈した声に、シャリースは笑いながら付け加えた。

「ずいぶん昔の話だ。十七のときから、バンダルの連中が家族みたいなもんだしな。結婚したこともない。もっとも」

シャリースは、意味ありげな目配せを、雇い主へ投げてみせた。

「俺が知らないだけで、どこかに子供がいないとも限らねえがな」

「……」

キーレンは自分の夕食に目を落とした。傭兵隊長の言い種《ぐさ》に呆れたのか、それともうろたえたのかは定かではなかったが、シャリースは気にせず、シチューを口に運び、キーレンもようやく、自分の夕食を食べ始めた。

「――もう娘の顔を見られなくなるんじゃないかと、そう思うことがある」

しばしの後、キーレンはぽつりとそう言った。

「もう一度、娘に会いたいんだ……」

「会えるさ」

当たり前のことのように、シャリースは請け合った。

「この仕事を片付けたらな」

それがどれほど困難なものになるか、今の段階では知りようもなかったが、しかしシャリースは、雇い主よりもはるかに楽天的だった。この仕事の最中に、キーレンは死ぬかもしれない。恐らくその時には、自分の身も無事では済まないだろう。だが、そんなことを、今から思い悩んでいても仕方がないのだ。

傭兵隊長の答えに、キーレンは一瞬、呆気にとられた顔になった。そんなにもあっさりとした答えが返るとは、思っていなかったらしい。

「だが、そんな簡単に――」

言いかけたキーレンを、シャリースは、目線で黙らせた。シチューの最後の一口を、パンで拭って口に入れ、空《から》になった食器を地面に置く。

「あんたの仕事がうまく運ぶように、俺たちは雇われてんだ」

二人の間に置かれていた水筒を手に取り、彼は、高価なワインを一口含んだ。シチューがどんな味だったにせよ、それですべて洗い流される。

「一人で暗い気分になるのは勝手だが、度を越すと、俺たちに対する侮辱になるぜ」

キーレンは言葉を飲み込んだ。水筒をネルに渡して、シャリースは立ち上がる。

「それじゃ、明日な」

「……ああ」

座り込んだままの雇い主をその場に残して、シャリースは、仲間の野営地へと戻った。

傭兵たちは三々五々、焚き火の周りで寛いでいる。その一つで、ダルウィンが彼を待っていた。同じ炎を、ゼーリックとマドゥ＝アリ、そしてエルディルが囲んでいる。

「よう、俺がいない間に、旨《うま》い晩飯にありついたんだってな」

ダルウィンがからかうように言った。口髭を撫《な》でつけながら、ゼーリックが物言いたげに眉を上げる。シャリースは火の側に腰を下ろした。

「ああ、ありがたくて目も潰《つぶ》れそうなほど、豪勢な晩飯だった。ワインも旨かったしな」

こともなげに応じる。ゼーリックが鼻で笑い、ダルウィンは疑わしげな目をシャリースに向けた。真偽を確かめるかのように、エルディルが首を伸ばして、シャリースの右手を舐《な》める。無反応だったのはマドゥ＝アリだけだったが、それは特に珍しいことでもない。

「それで、そっちはどうした」

水を向けると、ダルウィンは少しばかりもったいぶったような顔を作った。

「さっきまでな、元バンダル・フィークスの連中と一緒にいたんだ」

シャリースは片眉を上げげた。

「タッドたちか？」

「いや、タッド以外、の連中だ」

ことさらに、ダルウィンは、その名を強調する。

「タッドと、奴の元の仲間の仲がおかしいってのは、前から判ってただろう」

「ああ」

「どういうことなのか、それを聞きたいと思ってよ」

灰色のマントをつけた男たちの中に、ダルウィンは、持ち前の人懐《ひとなつ》こさで入り込んだのだ。タッドは今夜も、かつての仲間たちと距離を取っており、ダルウィンが彼らから話を引き出すのは、いとも容易《たやす》いことだったという。

「どうやらな、バンダル・フィークスがやられちまった、その戦いのときに、タッドが間違いをしでかしちまったらしい。生き残った連中は、多かれ少なかれ、それを恨んでるんだ。だから、タッドとぎくしゃくしちまう」

「一体何をやらかした」

幼馴染《おさななじみ》の問いに、ダルウィンは唇の端を下げてみせた。

「詳しいことは判らんが、どうも、上からの命令を伝えそこなったらしい。バンダル・フィークスはでかかったからな。命令の伝達が遅れれば、それで命取りになることもあったんだろう」

無意識のうちに、シャリースは、手元にあった小枝を拾った。それを、火の中に放り込む。

「……タッドが、わざと命令を伝えなかったという可能性は？」

マドゥ＝アリが顔を上げた。ダルウィンとゼーリックが小さく息を呑み、その気配に、エルディルも頭をもたげる。

「……何のために？」

ゼーリックが、用心深く声を低めた。シャリースは肩をすくめる。

「金かな？　バンダル・フィークスが壊滅すれば、喜ぶガルヴォ人は大勢いるだろう」

「証拠でもあんのか？」

ダルウィンが眉根を寄せる。シャリースはかぶりを振った。

「いや、ただの邪推だ——今のところはな。他の連中には言うなよ」

考え込む表情で、ゼーリックは口髭を捻《ひね》る。

「……だが少なくとも、昨日の一件は、誰かが敵に情報を流したとしか思えん。そうでなければ、あの場所で、我々を待ち伏せできたはずはないからな。マドゥ＝アリも、怪しい影を見ている」

シャリースはうなずいた。

「その場合、真っ先に疑いたくなるのは、やっぱり新入りの奴らだろう？　公平な見方じゃねえのは判ってるが、誰だって、長い付き合いの部下どもに、不信の目を向けたくはねえからな。なんたって俺は、まだ、新入りの名前すら、全部覚えてねえ有様だし」

膝の上に頬杖《ほおづえ》を付いて、ダルウィンが、上目遣《づか》いにシャリースを見やる。

「どうする気だ」

問われて、シャリースは溜息をついた。

「……ここに、明日の道筋が入ってる」

言いながら、自分の頭を指先で叩いてみせる。

「だがそれを発表したら、また待ち伏せに遭《あ》うんじゃないかと思うと、おっかなくて口にも出せねえ」

「なら、黙ってろよ」

ダルウィンはあっさりと言う。

「知ってるのがおまえ一人なら、それ以上情報が漏れることはねえからな」

しかしシャリースは、難しい顔で炎を睨んだ。

「それも、一つの手ではあるがな。だが、問題の解決にはならない」

その時、エルディルがぱたぱたと尾を振った。一人の男が、彼らの焚き火にゆっくりと近付いてくる。暗がりでも、その巨体で正体は判った。ノールだ。

「隊長」

「おう、どうした」

ノールは一同を見渡し、シャリースとダルウィンの間に腰を下ろした。

「少し前、そこの道を、家に帰る途中だっていう農夫が通りかかって、ちょっと話したんだが」

気遣わしげに、ゼーリックが眉を上げる。

「……ガルヴォの奴らが近くに？」

ノールはかぶりを振った。

「いや、違う。ガルヴォ兵は見ていないそうだが、二日ばかり前に、バンダル・ルアインがここを通ったらしい」

シャリースは思わず、部下の顔をまじまじと眺めた。

「……何？」

　バンダル・ルアインは、彼ら同様、エンレイズに属する傭兵隊である。堅実な戦いぶりは、傭兵仲間の間でも知られている。バンダル・アード＝ケナードは、過去に何度も、彼らと共に戦った経験があり、彼らが頼りになる兵士たちだということをよく承知していた。隊長のテレスは、シャリースと、個人的にも親しい間柄《あいだがら》である。

　ノールはうなずいた。

「多分、バンダル・ルアインの連中だろう。ここに傷のある男に連れられた、青いマントの傭兵だったそうだ」

　言いながら、ノールは自分の片頬を撫でてみせる。それはまさしく、テレスと、彼のバンダルの特徴と合致している。だが、シャリースは顔をしかめた。バンダル・ルアインがこの辺りにいるという話は、噂《うわさ》すら聞いていなかったのだ。

「こんなところで、何してんだ？」

　困ったように、ノールは肩をすくめてみせる。

「どうやら、正規軍の連中は、一緒じゃなかったらしい。とすると、雇い主とは別行動か――」

「或《あ》いは」

　暗い口調で、ダルウィンが後を引き取る。

「……雇い主がいないか」

「――死なれちまったかな」

　髪を掻き上げながら、シャリースは呟《つぶや》いた。バンダル・ルアインは優秀な傭兵隊で、彼らが仕事にあぶれることはまず考えられない。だが、どんなに優秀な傭兵隊にも、時には、雇い主が仕事の完了を待たずに死ぬという、悲劇の起こることがある。そして大抵の場合、雇い主を守れなかった傭兵隊は、契約金の半分、契約内容によっては、全額を失うことになるのだ。彼ら自身にとっても、他人事《ひとごと》では済まされない話である。

「どちらにしろ、急いで移動しているような様子じゃなかったって話だ」

ノールが言い添える。シャリースは顎に手を当て、考え込んだ。

「……とすると、まだそこらにいるかな」

しばしの間、シャリースは口を噤《つぐ》んだまま、火の中を見つめていた。部下たちは黙って、それを見守る。

やがて、シャリースはゆっくりと立ち上がった。

「ちょっと出てくる」

「どこに」

反射的に発せられた幼馴染の問いに、シャリースは、顎をしゃくってみせた。正規軍が野営をしている方角だ。

「我らが雇い主のところだ」


シャリースが戻ってきたのは、真夜中近くなってからのことだった。

ゼーリックは焚き火の側で、ぐっすりと眠っていた。揺り起こされるまで、シャリースが側に来ていることにすら気付かなかった。

「ゼーリック」

周囲を起こさぬよう、声を低めてはいたが、シャリースの口調には確かに、何か企んでいるような響きがあった。

「寝てるとこ悪いが、話がある」

ゼーリックは不機嫌な唸《うな》り声で、若い隊長の勝手な言い草に応じた。

「……悪いと言うのなら、せめて、悪いと思っている振りくらい出来ないのか」

シャリースが小さな笑い声を立て、ゼーリックは諦《あきら》めて上体を起こした。

「一体何だ」

シャリースは、ゼーリックが明朝一番にすべきことを話した。

3

夜明け前、バンダル・アード＝ケナードから、六人の傭兵《ようへい》が姿を消していた。

目覚めてからその事実に気付いた仲間は動揺《どうよう》したが、しかし、いなくなった者たちの近くに眠っていた幾人かは、何が起こったのかを知っていた。シャリースとゼーリックが五人を選んで静かに彼らを起こし、連れ出したのだ。彼らはゼーリックに率いられ、半分寝惚《ねぼ》けたまま、行き先も知らずに出かけたのである。

「奴ら、どこに行った？」

朝食の支度をしながら、ダルウィンがシャリースに尋ねる。彼もまた、朝起きて初めて、六人が消えたのを知った一人だった。その目には、幼馴染《おさななじみ》がろくでもないことを考えているのではないかと、警戒しているような色がある。

焚《た》き火《び》でハムを炙《あぶ》る幼馴染の手元を見ながら、シャリースはぞんざいに片手を広げてみせた。

「バンダル・ルアインのいるところだ」

あっさりと言われて、ダルウィンは鼻に皺《しわ》を寄せる。

「どこだ、そりゃ」

「さあな」

肩をすくめて、シャリースはパンの塊《かたまり》を手に取った。彼の隣で、白い狼《おおかみ》が、熱心に鼻を蠢《うごめ》かせている。狼の舌の届かぬ場所に、彼はパンを遠ざけた。

「少なくとも、奴らが向かった方角だけは判ってるからな。何とか探し出せと言っておいた。相手が承知するのなら、連れて来いってな」

固いパンの端を千切り、自分の口に入れる。エルディルが、その口を舐《な》めようと鼻を近付けてくる。

「エルディル」

静かに狼を呼んだのは、マドゥ＝アリだ。エルディルはその声に、渋々顔を引っ込めた。母親の制止がなければ、なおもシャリースのパンを狙っていただろう。金色の目に拗《す》ねたような光を浮かべ、前足の上に顎《あご》を乗せる。

その様子に、ダルウィンは小さく笑った。シャリースへ向き直り、串に刺したハムを差し出す。

「……で、バンダル・ルアインの連中を連れて来て、どうすんだ」

「昨夜、キーレンを言いくるめた」

シャリースは自分の皿で、ハムを受け取った。

「この窮状《きゅうじょう》を切り抜けるために、バンダル・ルアインを雇えってな。まあ、キーレンの財布にも限界があるから、ちょいとばかり買い叩くことになるだろうが――だがもし、今現在テレスたちが困ってたとしたら、安い報酬でもうんと言うだろう。それに、何てったって、俺の頼みだからな」

「……自信満々なのは結構だが」

ダルウィンが皮肉な口調でまぜっ返す。

「おまえに関わり合うとろくなことがないって、逃げ出したらどうするよ」

シャリースはそれを、鼻で笑い飛ばした。

「それならそれでいいさ。問題は、ゼーリックが、新入りを三人連れてったってことだ」

しばしの間、ダルウィンは、その意味を測るようにシャリースを見つめていた。その顔に少しずつ、驚愕《きょうがく》の色が浮かび始める。彼の手元から、シャリースは、焦《こ》げそうになったハムを取り上げた。マドゥ＝アリの皿に乗せる。

「……目的はそっちか」

やがて言葉を押し出したダルウィンに、シャリースはうなずいた。熱いハムを頰張《ほおば》る。

「うちの連中が三人に、新入りが三人——名前は覚えていないが、バンダル・フィークスの奴が二人に、バンダル・ヴェレルの奴が一人だ。全員、今日俺たちが辿《たど》る道を知らないから、たとえ敵と通じてたとしても、知らせようがない。途中で逃げ出せば正体は割れるし、逃げ出さなくても、俺たちと別行動を取ってる間は何も出来ない。首尾がどうであれ、三日後には合流することになってるが、今朝送り出した連中の中に間諜《かんちょう》がいたとしたら、少なくともその間は安心していられる」

「……とりあえず、三人隔離したのは判った」

少しばかり焦げてしまったハムを、ダルウィンは恨めしげに眺めた。

「だが、まだ六人残ってるぜ。そいつらはどうするんだ？」

「俺たちが交代で見張るさ」

こともなげに、シャリースは答える。

「全員で気を付けてりゃ、何とかなるだろう」

ハムを一口嚙《か》み切って、ダルウィンは顔をしかめた。シャリースの案が気に入らなかったのか、焦げた部分をまともに齧《かじ》ってしまったのかは、しかしシャリースには判らない。

ダルウィンはゆっくりと、口の中の物を飲み込んだ。

「いっそ、新入りの九人全部、外に出しちまえば簡単だったのに」

「それも考えたんだがな」

シャリースが肩をすくめる。

「タッドは仲間と揉《も》めてやがるし、第一、新入り九人と、そいつらを見張る人員を送り出しちまったら、こっちが手薄になっちまう。三人が限界だろうさ」

唸《うな》り声を上げながら、ダルウィンはパンにかじりつく。シャリースは、幼馴染の方へ身を寄せた。声を落とす。

「今夜から、歩哨《ほしょう》を増やす。新入りの連中には気付かれねえようにな。昼の間は、分担を決めて、新入りの奴らを常に誰かが見ているようにする。お膳《ぜん》立《だ》て、頼むぜ」

「……俺が？」

間近で迷惑そうな顔になったダルウィンに、シャリースはにやりと笑いかける。

「素直に喜べよ、信用されてんだぜ」

「俺に面倒ごと押し付ける口実にしか聞こえねえよ」

ダルウィンがぶつぶつと呟《つぶや》く。しかしシャリースは、幼馴染の文句をさりげなく聞き流した。

「マドゥ＝アリ」

顔に刺青《いれずみ》のある男を振り返る。

「そういうことだ。もし今度、夜中に抜け出そうとしている奴を見つけたらな、構わねえから、エルディルをけしかけてやれ」

マドゥ＝アリはうなずき、自分の名を聞いた白い狼は、何かを期待しているような顔で尻尾を振る。

「隊長！」

少し離れた場所から声が上がった。腕を振り回してシャリースの注意を引こうとしているのは、チェイスである。小走りに、彼は、シャリースの元へやって来た。

「ゼーリックたちは、どこ行っちゃったんすか？」

尋ねながら、焚き火の脇にしゃがみ込む。バンダル最年少の若者の顔には、不安と好奇心とが浮かんでいた。

「朝起きたら、いつの間にか、消えてたって……」

近くにいる傭兵たちも、彼らの方を注目している。何があったのかを知りたがっているのは、彼らも同じだ。全員が、シャリースの答えを、耳をそばだてて待ち構えている。

「それをこれから、皆に言おうと思ってたところだ」

思わせぶりな仕草で、シャリースは、パンを大きくちぎり取った。こちらを見ている部下たちに少しばかり意地の悪い視線を投げかけ、そしてチェイスに目を戻す。

「……飯を食い終わったらな。おまえはもう済ませたのか？」

答えは判り切っていたが、シャリースは一応尋ねた。朝、チェイスが腹に何も詰め込まぬうちに動き出すなど、実際のところは考えられない。

白々しい質問に、チェイスは、悪童のような笑みを浮かべた。目線で、シャリースの手にある食べ物を指す。

「何だったら、手伝ってあげてもいいっすよ」

いかにも親切そうに申し出る。あながち冗談とも思われぬ口調だった。まだまだ、胃袋に余地があるらしい。シャリースは若者へ、人の悪い笑みを返した。

「生憎《あいにく》だったな。食べ物を横取りされて平然としていられるほど、俺は育ちが良くなくてね」

チェイスの未練がましい視線を浴びながら、シャリースは悠然《ゆうぜん》と、朝食の残りを片付けた。軍服からパンの欠片《かけら》を払い落とし、手についたハムの脂《あぶら》をエルディルに舐めさせてやってから、ゆっくりと立ち上がる。

それを見て、離れた場所にいた傭兵たちも、彼の方へと近付いてきた。全員の目が、彼に集中する。

「——よほどのぼんやり者でなけりゃ、もう気付いていると思うが」

彼らを見渡して、シャリースはそう口を切った。

「夜明け前に、この中から六人を出発させた。人探しだ。バンダル・ルアインの連中がこの辺りにいるって情報が入ったんでな。もし首尾よく見つけられて、テレスの野郎が承知すれば、頼りになる味方が出来るって寸法だ」

彼は、この別行動における真の目的を口にしなかったが、傭兵たちは、彼の説明に納得した。今は誰もが、援軍を求めたい気分だったのだ。

小さな不服を口にしたのは、タッドだった。

「……あんたはいつも、こんな唐突なことをやらかすのか」

不機嫌な口調で言う。彼の気に障《さわ》ったのは、同じバンダルで戦った仲間二人が、彼が眠っている間にいなくなっていたという事実だろう。シャリースは肩をすくめた。

「時間が無いときにはな」

あっさりと返され、タッドは言葉を飲み込んだ。そのタッドへ、火の前に座り込んだままのダルウィンが、にやりと笑いかける。

「諦《あきら》めな。こいつは人を驚かせるのが好きでね。神経がもちそうもないと思うんだったら、こいつとは早めに縁を切った方がいい」

「……」

むっつりと押し黙ったまま、タッドは彼らに背を向けた。ひとまず、騒ぎを起こす気は無いらしい。シャリースは正規軍の兵士たちを見やった。彼らが、出立の支度を始めているのを認め、部下たちに目を戻す。

「荷物をまとめろ、出発するぞ」

傭兵たちは、この号令に、それぞれの焚き火へと散って行った。シャリースの隣では、ダルウィンが焚き火に土を掛け始める。

ぶらぶらと彼らに近付いてきたのは、メイスレイだった。年嵩《としかさ》の痩《や》せた傭兵は、半ば面白がっているような眼差《まなざ》しで、シャリースを見やった。

「……なるほど、何か企んでいるというわけか」

穏やかな声には、断定的な響きがある。シャリースは、喉《のど》の奥で笑った。

「まあな」

否定してみたところで、メイスレイの認識は変わらないだろう。メイスレイは彼に目配せをしてその場から離れ、シャリースも、自分の雑嚢《ざつのう》を詰め始めた。


彼らは北上を続けた。

常に斥候《せっこう》を出し、周囲に目を配りながらの行軍は、遅々として進まなかった。だが、ただひたすら進む以外、彼らに選択肢は無い。畑の間や草原の中を、彼らは歩き続ける。

気温がなかなか上がらず、冷たい風が、彼らに吹き付けていた。混戦の中でマントを失くしたというライルは、毛布を肩に羽織《はお》っている。不格好な姿だったが、本人は平然たるものだ。年の近いチェイスと仲良くなったようで、時折ふざけあいながら、並んで歩いている。

この若い新入りが、しばしばマドゥ＝アリに話し掛けているのに、シャリースは気付いた。

マドゥ＝アリは極端に口数の少ない男だったが、ライルは全く動じずに食い下がっている。ただでさえ、マドゥ＝アリはその容貌《ようぼう》で、否応無く人目を引く。その上ライルは、誰かから、バンダル・アード＝ケナードで一番の腕前の持ち主はマドゥ＝アリだと聞かされたらしく、彼の持つ、湾曲した形の剣にも、興味津々《しんしん》である。

「何でこんな形になってんだ？」

ライルの明るい声が、少し前を行くシャリースにも届いた。

「こんな剣、今まで一度も見たことがない」

「刃が丸く曲がっていると、敵の肉へ、楽に食い込ませられるから」

対するマドゥ＝アリの答えは、その内容にそぐわず淡々としている。

ちょっと持たせてくれとライルがせがむのを、シャリースは聞きつけた。肩越しに振り返ると、抜き身の剣を、ライルがマドゥ＝アリから受け取ったところである。独特な弧を描く剣を両手で捧げ持ち、ライルは惚《ほ》れ惚《ぼ》れと、その輝きを見つめていた。

「ライル、そいつを下手に振り回すなよ」

その剣を構えようとしたライルに、シャリースは忠告した。

「そいつを使えば誰でも簡単に人を斬れるが、素人《しろうと》は、一緒に自分の腕も斬り落としちまうからな」

突然刃が熱を発したかのように、ライルはびくりと身体を強張《こわば》らせた。用心深い手付きで、剣をマドゥ＝アリに返す。マドゥ＝アリは無造作に、それを鞘《さや》に収めた。見ていた傭兵たちの間から、小さな笑いが起こる。

「ライルの奴は、あちこち渡り歩いては、愛想を振りまいてるぜ」

ダルウィンが低い声で、シャリースへ告げた。その報告に、シャリースはうなずいた。

「人懐《ひとなつ》こいのか、単に調子がいいだけか――」

言いさして、彼は、小柄《こがら》な幼馴染を流し見た。唇《くちびる》の片端を吊り上げる。

「それとも、俺たちの情報を集めてるのか」

ダルウィンはしかし、釈然としない顔である。

「……ガルヴォの間諜にしちゃ、えらく能天気だがな」

「能天気だろうと気難し屋だろうと、疑わしいことに変わりはない」

シャリースはちらりと周囲を見渡し、近くに新入りの面々がいないことを確かめた。

「見張りの分担は決めたか？」

「ああ」

ダルウィンは前を向いたままだ。

「誰かがおかしな動きをしたら、おまえに報告が行くことになってる」

前を行く傭兵たちの背中を、シャリースは眺めた。

バンダル・アード゠ケナードの濃緑色のマントの中に、灰色や茶色のマントが見え隠れしている。だが、その下の黒い軍服は同じだ。彼らは皆エンレイズ軍に雇われ、共に戦うため、ここにいる。

空に目を転じて、シャリースは小さく嘆息した。

「仲間同士で疑心暗鬼か。嫌な感じだ」

ダルウィンは肩をすくめた。

「それでも、死ぬよりはましだ——まあ、少しはな」

太陽が高くなった頃、彼らは道端で休息を取った。

草の上に座り込んだシャリースは、目の前で、チエイスとライルが剣の練習を始めたのを、呆れた眼差しで見やった。若い二人は、ふざけ合いながら、道の真ん中で剣を打ち合わせている。

「止めた方がいいんじゃないか?」

たまたま側に座ったノールが、水筒の蓋《ふた》を開けながらシャリースに言った。

「あの二人、夕方には歩けなくなっちまうかもしれないぜ」

「俺だったら、休憩時間に動き回るなんて馬鹿な真似はしないが」

シャリースは柔らかな草に手をつき、首を捻《ひね》って ノールを見やった。顎で、体力の有り余っている二人を指し、にやりと笑う。

「それを奴らに言ったら、奴ら、それは年寄りの意見だと笑い飛ばすかも知れねえからな」

「やらせておけばいいさ」

面白がっているかのような目で、ダルウィンは、若者二人を眺めている。

「奴らにも、自分の馬鹿さ加減を知る権利がある」

もっともらしい口調で言う。シャリースは鼻先で笑った。

「或《ある》いは、俺たちが年を取ったと知らされる結果になるかもな」

ダルウィンが嫌な顔で幼馴染を振り返り、ノールは苦笑を浮かべて空を見上げる。

シャリースはゆっくりと水を口に含みながら、跳

ねま回っている二人を見守った。チェイスはいつもどおり素早い。若く、そして恐れ知らずだ。彼はバンダルで最も年少だが、傭兵としては非常に優秀だった。それは、彼が躊躇《ちゅうちょ》せずに危険へ飛び込み、剣を振るうときにもまた、躊躇をしないからだ。

対するライルには、チェイスほどの腕は無いように見えた。長剣を操る手付きも、どこかぎこちない。兵士としてはそれなりの仕事が出来るだろうが、有能な傭兵と呼ばれたいのならば、まだ練習が必要だ。

そしてふと、シャリースは、奇妙なことに気付いた。

「ライル」

声を掛けると、ライルは振り返った。チェイスも剣を引く。

「何ですか」

剣を引きずるようにして、ライルはシャリースの方へ歩いてきた。シャリースは水筒で、その剣を指した。

「その剣、おまえの身体には合ってないんじゃないか？　ちょっと、大きすぎるだろう」

手の中にある武器を、ライルは、少しばかり気まずげに見下ろした。

「そうなんですよ――実は、拾い物なんです。前に持ってたのは、折れちまったんです。真ん中から、ぽっきりとね。それで、死体が持ってたのを頂戴《ちょうだい》したんですよ」

シャリースは目を眇《すが》めて、突っ立ったままのライルを見上げた。失ったマントの代わりに、行軍の間羽織っていた毛布は、今は道の脇に置いてある。

「おまえは本当に、色々失くしちまったようだな」

「運が無かったんでしょうね」

そう言いながら、ライルの表情は、それを悲しんでいるようには見えなかった。何でもないことのように、あっさりと事実を受け入れている。

チェイスがどさりと、地面に座り込んだ。自分の水筒を取り上げる。

「ま、生き残っただけいいじゃねえか」

軽い口調で、彼は言った。チェイスは元々身寄りの無い浮浪児だった。家族の顔もろくに覚えていない。彼にとって何より大切なのは、その日を生き延びることだ。自分と仲間を守るためならば、殆《ほとん》どんなことでもやってのける。しかしそこには、悲壮な決意など微塵《みじん》も無い。彼は、仕事と生活を楽しんでいる。

ライルも、自分の剣を鞘に収め、水筒を開けた。

「……まあ、そうなんだけどな」

何でもないことのように答える。それを見ながら、シャリースは、この若者はチェイスと似たような価値観の持ち主なのかもしれないと考えた。だからこそ、二人は気が合うのかもしれない。

だとすれば、今後の訓練次第で、ライルは、誰からも恐れられる兵士になる可能性がある。

もっとも今は、部下に訓練を施すべき時ではない。春の日差しを浴びながら、シャリースは、すぐ側にいるかも知れぬ敵の存在に、神経を尖《とが》らせていた。内と外、同時に二つの敵を抱えるのは、容易なことではないと思いながら。


その日の夕方、小さな農村の近くで、一行は歩みを止めた。

村人たちの態度は、友好的とは言えない。エンレイズ軍の姿を目にして、彼らは一様に、迷惑そうな顔になった。敵意を抱いているような目つきの者もいる。だが、そのこと自体は、特に珍しくもなかった。武器を持った大勢の男たちなど、農村では、何の役にも立たない上、揉め事を引き起こすことすらままあるのだ。歓迎してくれと言うことは出来ない。

キーレンを始め、正規軍の一部は、金と引き換えに、屋根のある場所で眠れることになった。だが、大部分の兵士と傭兵たちは、道端で野営《やえい》だ。不公平な現実だが、文句を言う者はいない。文句を言ったところで、羽根布団を掛けたベッドが出てくるわけではないのだ。

道端で焚き火の準備をしていたシャリースは、ネルに呼ばれて村に入った。

キーレンは、道の真ん中に立ったまま、シャリースを待っていた。恐らくそこが、村の中心なのだろう。酒場の一軒すらないような場所だったが、そこだけ道の幅が広がり、小さな広場を形作っている。

キーレンは、どこか落ち着かなげな面持ちだった。その傍《かたわ》らには、この農村にあっては場違いな、派手な服で身を飾った男が立っている。初めて見る顔だったが、シャリースは咄嗟《とっさ》に、彼はエンレイズ人ではないと悟った。つまり、敵か味方か、判らないということだ。

「——一応、君に伝えておくべきかと思ってな」

キーレンは、片手で、傍らの男を示した。

「夕食の招待を受けたんだ、リグレ殿という方から」

「私は主人からの伝言を持ってまいりました」

黒衣の傭兵が顔をしかめたのを目にして、見知らぬ男は、慌てたように口を挟んだ。

「主人のリグレは、あの館に住んでおります」

指差された方角を、シャリースは目を眇めて眺めた。夕暮れの赤紫の空の下、農家の屋根の向こうに、確かに、石で作られた建物が見える。遠目にも、相当古いものであるのは判った。一瞬、廃墟《はいきょ》なのではないかと疑いを抱いたほどだ。

「……地元モウダーのお貴族様か」

シャリースの呟きに、リグレからの使者はうなずいた。

「さようでございます。あなた方が近付いて来られるのは、大分前から見えておりました。主人は、エンレイズ軍の指揮官殿を、是非夕食に招きたいと申しております」

シャリースは雇い主へ目を戻した。キーレンはもう、この招待を受ける気でいるようだ。モウダーの貴族たちは、基本的に、エンレイズとガルヴォの戦いを中立の立場で見守っている。だが彼らのどちらかが自分の領内に入ったときに、その司令官と近付きになりたがるモウダー人も、少なくはない。大国との繋《つな》がりを持つことで、領内における商業活動を活発化させる心積もりであったり、中には、自分の娘を大国の貴族に売り込みたがる輩《やから》もいる。

シャリースは僅《わず》かな間、考え込んだ。今は危険な時だ。中立のモウダー人といえども、素直に信用したくはない。モウダー人の中には、その敵を売り渡すことで、相手の歓心を買おうとする者も、いないわけではない。

だが一方で、地元モウダー人を味方にすることが出来れば、これ以上、力強い助けは考えられない。下手に勘繰って、リグレというモウダー人の手を拒むのも惜しかった。キーレンがうまくことを運んでくれれば、この先の安全が、ある程度約束されるかもしれない。

もちろん、館の中に入ったキーレンが、リグレの陰謀によって、その場で殺されてしまうという可能性もある。だがそれは、馬鹿げた可能性だと、シャリースは考えた。モウダーは中立国だが、彼らの方から攻撃がなされた場合、エンレイズ軍はそれに報復することになっている。リグレがキーレンを、ガルヴォに売ろうとすることも考えられたが、それもまた、あまりありそうにない話に思えた。キーレンが館に入れば、当然、バンダル・アード＝ケナードはその館を監視する。リグレがガルヴォ軍と通じているという様子があれば、すぐにも館に攻め入って、キーレンの身柄を奪い返すことが出来る。

キーレンは、シャリースの言葉を待っている。もし傭兵隊長が反対すれば、彼はこの招待を断っただろう。シャリースは用心深い目付きで、雇い主を覗《のぞ》き込んだ。

「行くつもりか」

キーレンは躊躇《ためら》いがちにうなずいた。

「……差支えがなければ」

更に一瞬考えて、シャリースは決断した。

「よし、俺の部下を一人、護衛につける」

キーレンは面食らった顔になった。

「夕食の招待にそんな……私は、ネルだけを連れて行くつもりだったんだが……」

かぶりを振って、シャリースは相手を黙らせた。

「別に、同じテーブルで飯を食わせてやれと言ってるわけじゃない。あんたが招待主と食事をしている間、部屋の隅にでも立たせておけばいい。戦争中なんだ、それくらいの用心は、リグレ殿も許してくれるだろう。なあ？」

突然水を向けられて、モウダー人の使いはどぎまぎとうなずいた。

「ええ……多分、一人くらいでしたら……」

「よし、決まりだ。ネル」

傭兵隊長に呼ばれて、控えていた少年が、生真面目に相手を見上げる。

「アランデイルは知ってるか？」

問われて、彼は少しばかり考え込む顔になった。

「あの、金髪の人ですか？　女誑《たら》しの？」

少年の露骨《ろこつ》な表現に、キーレンがぎょっとしたような顔になる。シャリースは思わず、喉の奥で笑い声を立てた。

「誰がそんなこと言った？」

「チェイスです」

「まあいい、その金髪の色男だ。ちょっと行って、ここに連れてきてくれないか？　大急ぎだって言ってな」

「判りました！」

元気よく答えて、少年は駆け出した。そして間もなく、彼は指示されたとおり、アランデイルを連れて戻ってきた。逃がさないとばかりに、アランデイルの手をしっかりと摑《つか》んでいる。

「よし、ご苦労だった、ネル」

傭兵隊長のねぎらいの言葉に、少年は歯を見せて笑った。一方呼びつけられたアランデイルは、疑い深げな眼差しで、上官と雇い主とを見比べている。

「……一体何事ですか？」

「あそこに住んでるここのご領主が、我らが雇い主殿を夕食に招待した」

簡潔に、シャリースは説明した。

「おまえには、護衛として、一緒に行ってもらう」

「……そういうことですか」

アランデイルの返事は、到底、喜んでいるようには聞こえなかった。だが少なくとも、彼は自分の仕事を心得ている。彼はエンレイズ国王の宮廷で、召使いの息子として育った。抜け目ない観察力のお陰で、彼は、貴人たちの礼儀作法や社交術を、自分のものとして操ることが出来る。身分の高い人間に恭《うやうや》しく接しなければならないとき、彼はしばしば、その役を宛《あて》がわれてきたのだ。

「悪いな、アランデイル」

シャリースはいたわるように、部下の肩を叩いた。そしてわざとらしく声を潜める。

「だが、モウダー人の女に手を出して、ことをややこしくするなよ」

不穏な言葉を聞きつけて、使者の表情に狼狽《ろうばい》が走った。まじまじと、アランデイルの、これ以上望むべくもないほど整った顔立ちを見つめる。それを十分意識しながら、アランデイルは不敵な笑みを、シャリースへ返して寄越《よこ》した。

「ご命令とあらば、閣下」

ふざけた口調で応じ、完璧《かんぺき》な身のこなしで、優雅に一礼する。それから彼は背を伸ばし、肩をすくめた。

「でも、向こうから声を掛けてくるのを、止めることは出来ませんよ」

悪びれるふうもなく言ってのける。シャリースは苦笑した。

「仕事を忘れるな」

「俺が今まで、仕事を疎《おろそ》かにしたことがありましたか?」

無邪気な顔を装ってみせる。澄んだ青の双眸《そうぼう》が、上目遣《づか》いにシャリースを見つめていた。その眼差しに騙《だま》される女は、幾らでもいるだろう。しかし生憎、シャリースには通用しない。

「何だったら、これからじっくり、思い出してみてもいいんだぜ」

意地の悪い口調になったシャリースに、アランデイルは、これ見よがしな溜息をついた。

「——行ってきます」

雇い主とその召使い、そして黒衣の傭兵が、領主の館へ案内されていく後ろ姿を、シャリースはその場で見送った。

傭兵たちの野営地は、領主館の出入り口を監視出来る場所に移動した。

モウダー貴族に、おかしな気を起こさせぬための措置である。もし、リグレなるモウダー人が、キーレンに危害を加える気であったとすれば、アランデイルの纏《まと》う黒い軍服には、その目論見を挫《くじ》く効果があるはずだ。さらに、自分の館が傭兵たちに取り囲まれていると知れば、リグレは、招待客を粗略には扱えなくなるだろう。

今頃は居心地のいい部屋で、豪勢な食事にありついているのであろう雇い主を守りながら、傭兵たちはそれぞれの焚き火の周りで寛《くつろ》いでいた。歩哨を交代させたばかりで、その任務から帰ってきた者たちが、遅い夕食を貪《むさぼ》っている。夜半からの歩哨任務を割り当てられた者は、既に半分が眠っていた。野営地は静かで、低い話し声だけが、時折かすかに聞こえるだけだ。

部下たちの間をぶらぶらと歩きながら、シャリースはリグレの館を見上げた。石造りの館は堅牢《けんろう》に見えたが、近くで観察すると、あちこちにがたが来ているのがよく判る。塀は、外敵を防ぐに十分なほど高いとは言えず、こっそりと乗り越えることも、いざとなれば外から力ずくで突き崩すことも出来そうだった。リグレは貴族かもしれないが、それほど裕福ではない。もし十分な金を持っていれば、自分の身を守ることに、もっと金を掛けているだろう。

「シャリース」

不意に呼ばれて、シャリースは、声のした方を見やった。タッドだ。黒い髭《ひげ》の男は、一人で、小さな焚き火の側に座っている。

「——話がある」

押し殺したような声音だった。その切迫した響きに、シャリースは、これが冗談ごとではないのを知った。黙ってそちらに足を向け、タッドの正面に腰を下ろす。

炎越しに、二人はしばし無言のまま、相手を見つめていた。シャリースは相手を急《せ》かさなかった。長い沈黙の間、タッドは、まるで何かに喉を塞《ふさ》がれているかのような顔をしていたが、ようやく口を開いた。

「……あんたが、俺を疑っているのは判ってる——その理由もな」

シャリースは返事をせず、ただ、片眉《かたまゆ》を吊り上げてみせた。バンダル・フィークスが壊滅した時のことだと察したが、自分からそれを言う気はない。

だがタッドは、シャリースの心を読んだかのように、薄く笑ってみせた。

「あんたが何を考えたのかは判ってる——バンダル・フィークスの生き残りも、同じことを考えてるんだろう。俺が、仲間を敵に売り、わざと命令を伝えなかったとな。だが、俺は裏切り者じゃない」

「そうか？」

からかうように、シャリースは聞き返す。だが、相手は、挑発に乗らなかった。怒りに似たものがその黒い目に宿ったが、その表情は静かだった。

「バンダル・フィークスが壊滅したとき、俺は、その場にいなかった」

「何？」

「誰かに後ろから頭をぶん殴られて、気絶してたんだ。それで——隊長の命令を伝えられなかった」

シャリースは思案げに、自分の頬を撫《な》でた。

「味方の誰かが、おまえを殴って、命令を伝えさせまいとしたってことか？」

タッドは唇を引き結んだ。

「あの時周りには、同じバンダルの仲間しかいなかった。それが誰であれ、バンダル・フィークスの誰かなんじゃないかと、俺は思う」

言葉を切り、タッドは自嘲《じちょう》するような笑みを浮かべた。

「……誰も、俺の言うことなど信じはしないがな」

シャリースは眉を寄せ、タッドの言葉を吟味《ぎんみ》した。

「そんなことをして、得をするのは誰だ？」

タッドは歯を剝《む》き出した。

「判っていれば、俺がとうに、そいつを締め上げてる」

唸るように押し出されたその声には、ぞっとするような響きがあった。シャリースはうなずいた。

「……相手は多分、おまえには絶対に近寄りたくないと考えてるだろうな」

彼は立ち上がった。タッドの視線が、その動きを追う。

「……信じてねえようだな」

シャリースは相手を見下ろした。炎に照らされてなお、タッドの顔は、暗く翳《かげ》っているように見えた。

「——ちょっと、考えさせてくれ」

タッドは黙ってうなずき、シャリースは、自分の寝場所へと戻った。


その晩、キーレンは戻らなかった。

一緒に館へ入った、ネルとアランデイルも同様である。その時には、誰も心配などしなかった。大方キーレンが酒を過ごすか何かして、そのまま泊まる

よう勧められたのだろう。バンダル・アード＝ケナードの中では、アランデイルが領主の奥方に手を出そうとして取り押さえられ、地下で磔《はりつけ》にされているのではないかなどという、不埒《ふらち》な噂《うわさ》も流れたが、誰も本気にしてはいなかった。アランデイルは馬鹿ではない。たった一人で雇い主を護衛しているとき、軽率な行動を取ることはないし、たとえ実際に、領主の妻と何かあったとしても、それをすぐに他人に悟られるようなへまはしない。

しかし、朝になっても、三人は戻ってこなかった。

夜明けに目を覚ましたシャリースは、歩哨に確認して、その事実を知った。夜の間、そして今に至るまで、誰も、リグレの館から出てきていない。傭兵たちは出入り口のすぐ側で火を焚き、露骨にそこを見張る一方、外壁にも目を光らせていた。間違いはない。

「――てことは、我らが雇い主は、この忙しいときに、呑気に寝坊遊ばしているわけだな」

シャリースの軽口に、正面の入り口を見張っていた傭兵は鼻を鳴らした。

「まったく、いいご身分で」

「歩哨は交代だ」

シャリースは相手の肩を叩いてねぎらった。

「まだ少し掛かりそうだからな。ちょっと寝直すなり、飯を食うなりして来いよ。その前に、代わりをここに寄越してくれ。昨夜歩哨に立たなかったのは――」

その時、館の正面から、一人の男が姿を現し、シャリースは、続く言葉を飲み込んだ。

男は、服装からして、館で働く召使いのようだった。昨日、キーレンを招待しにきた男とは違う。髪の白い、もう老人と呼んでもいい年齢の男である。領主の下で重要な役割を果たしているらしく、その態度には重厚な威厳がある。

彼は周囲を見渡し、すぐ側にいた二人の傭兵に近寄ってきた。

「主人から、手紙を託《ことづか》って参りました」

　召使いはそう言いながら、折り畳まれた紙片を懐《ふところ》から取り出した。

「バンダル・アード＝ケナードの隊長殿に、取り次いで頂きたいのですが」

「隊長は俺だ」

　シャリースは目を眇めて、相手を見やった。

「キーレンに、何か問題でも？」

　召使いは答えなかったが、一瞬だけ、その目に意外そうな光が宿った。恐らく、傭兵隊長というものは、もっと年長で貫禄《かんろく》のある男だと思っていたのだろう。身分を明かすたび、シャリースは今までに何度も、同じような反応を見てきた。

　だが相手は、それについては何も言わず、ただ手紙を差し出してくる。

「どうぞ、これを」

　受け取った手紙を、シャリースはその場で開いた。歩哨に立っていた部下が横合いから覗き込んでくるのにも構わず、ざっと目を通す。

　そして彼は、唖然《あぜん》として顔を上げた。目の前に立つ召使いを、まじまじと見つめる。手紙は几帳面《きちょうめん》な美しい文字で綴《つづ》られていたが、内容は、極めて不穏だった。

　どうか頼みを聞いてくれと、リグレはそう書いていた。森に潜み、彼の領内を荒らすならず者がおり、彼と領民は甚大《じんだい》な被害を受けているのだという。そして彼は、こうも書いていた。エンレイズ軍とそれに属する者には、自分の頼みを聞く義務がある、何故なら、そのならず者たちはエンレイズ人だから、と。

　シャリースにとっては寝耳に水の話だった。ならず者と呼ばれる犯罪者は、どんな場所にも存在する。誰であれ、きっかけさえあれば犯罪者になり得るし、被害が出るのも珍しいことではない。エンレイズであれ、モウダーであれ同じことだ。だが、加害者がエンレイズ人だから何とかしろなどと言われたのは、これが初めてだ。

何かの冗談かと思ったが、しかし、召使いの厳《いか》めしい顔は、至って真面目だった。

「……盗賊を退治しろって？　俺たちに？」

わざと小馬鹿にしたような口調で尋ねたが、相手の表情は殆ど変わらなかった。

「左様でございます」

慇懃《いんぎん》に答える。シャリースは、部下とちらりと目を見交わした。困ったことに、相手は本気だ。それは間違いない。

「多分判っていると思うが、俺たちの仕事はガルヴォの兵隊と殺し合うことなんだ」

口調を和らげて、シャリースは説明した。

「ならず者をふん縛《じば》ることじゃない。それに、俺たちは急いでるんだ。モウダーにだっているだろう、そういう、不心得者を捕まえるのが仕事の奴らが」

「役に立たないほど遠くに」

召使いの返答に、少しばかり苦いものが混じった。

シャリースはじっと、相手の目を見た。老人も、シャリースを真っ直ぐに見つめ返してくる。

「……キーレンはどうした」

「私どもが、精一杯おもてなししております」

「彼をあそこから出せ」

「それは、私の権限では了承致しかねます」

どこまでも堅苦しい返事に、傍観《ぼうかん》していた傭兵も、呆れたようにかぶりを振る。思わず、シャリースは溜息をついた。乱暴な手付きで、髪を掻《か》き上げる。

「それなら、あんたの主人と話をさせてくれ」

「主人は、恐らくそのお申し出をお断り申し上げるかと存じます」

シャリースは唇を引き結び、厳しい眼差しで相手を睨《にら》んだ。

「あんたたちは、エンレイズ軍の司令官を人質に取って、傭兵を脅迫《きょうはく》してる。それがどんなに危険なことか判ってんのか？」

「人質だなどとは、私どもは考えておりません。キーレン様は、大事なお客人です」

びくともせずに、相手は応じた。

「それに、危険なのはあの森にいるならず者たちであって、あなた方ではありません。それだけは、はっきりしております」

シャリースは舌打ちした。

リグレは、キーレンを人質に取っている。有り得ないと考えていた事態が発生してしまったのだ。表向き、リグレがどう理屈《りくつ》を捏《こ》ねようと、事実には変わりはない。おまけに、このままでは、相手の思う壺《つぼ》に嵌《は》まりそうだ。

だが、シャリースは何とか食い下がろうとした。

「せめて、キーレンと話したい」

「それは、お約束いたしかねます」

老人の返事は、木で鼻をくくったようだった。仕方なく、シャリースは譲歩した。

「それなら、アランデイルは？」

「どなたです？」

「俺の部下だ。傭兵が一人、キーレンについて行っただろう」

召使いはうなずいた。

「……主人に訊いて参りましょう」

恐らく、それが、彼に示せる精一杯の誠意だったのだろう。それを察して、シャリースはうなずいた。

「……頼むよ」

召使いはゆっくりと主人の館に戻って行き、シャリースは、部下と並んで、その後ろ姿を見送った。そして、どうするのかと言いたげな部下を目顔で黙らせ、野営地を顎で指す。

「悪いが、皆を集めてくれ。のんびり朝飯食ってる場合じゃないってな」

「判った」

短く答えて、傭兵は、野営地へ走り出す。

シャリースは大きく息を吐き出しながら、領主館の向こうに見える、問題の森を見やった。鬱蒼《うっそう》と茂る木々の間から金色の朝日が顔を出し、彼の目を射る。

眩《まばゆ》い光から目を逸《そ》らしながら、彼はもう一度、溜息をついた。

隊長からことの次第を説明されたバンダル・アード＝ケナードの面々は、しばしの間、呆気に取られた顔で黙り込んでいた。

立っている者も、草の上に座り込む者も、一様に、領主館を背に立つシャリースを見つめている。だが、シャリースにしたところで、気の利いた解決策を持っているわけではない。彼に出来るのはただ、肩をすくめてみせることだけだ。

沈黙を破ったのは、ダルウィンだった。

「……やられたな」

シャリースの足元に胡坐《あぐら》を掻いた彼は、半ば自棄《やけ》になったように笑った。

「リグレとかいう野郎、とんだ食わせ者だぜ」

「……こうなると、招待されたのが隊長でなくて良かったと言うべきだろうな」

その横に座っていたノールの顔にも、苦笑いが浮かんでいる。

「もし人質に取られたのが隊長だったら、俺たちは、手も足も出ない」

「キーレンだったら、いてもいなくても同じですもんね」

若いチェイスの言葉は、無邪気だが容赦の欠片もなかった。

「むしろいない方が、こっちは動きやすいかも」

こともなげに言われて、シャリースは思わず笑った。

「そんなこと、本人の前で言うんじゃねえぞ――たとえ真実だったとしてもな」

「まどろっこしい。いっそ、あの館に攻め込んで、キーレンを取り返しちまった方が早いんじゃねえか」

声を上げたのは、タッドだ。だが、シャリースが口を開く前に、メイスレイが静かに彼を諌《いさ》めた。

「確かに早いが、相手はモウダー人だ。敵じゃない。我々は、モウダーと戦争を始めるわけにはいかない」

「――そう、そこが問題だ」

シャリースは部下たちを見渡した。

「リグレの野郎は、そこんところをちゃんと心得てやがる。奴はキーレンを、客として扱っている。そして、盗賊退治を、我々に頼んでいる。実際のところ、人質を取った上の脅迫だったとしても、リグレは絶対に、それを認めないだろう。そして俺たちは、大義名分なしに、モウダー人の生命と財産を脅《おびや》かすことは出来ない」

「……」

傭兵たちは黙り込んだ。その取り決めは、全員が理解している。エンレイズとモウダーは、今のところ、概《おおむ》ね良好な関係を築いている。エンレイズ王スラードは、兵士たちに、モウダー人と諍《いさか》いを起こさぬよう厳命していた。だからこそ、彼らはモウダー人の土地で戦えるのだ。だがもし、彼らがモウダー人を怒らせ、モウダーがガルヴォの味方についたとしたら、エンレイズ軍の被《こうむ》る損害は、計り知れないものになるだろう。

その時、数人の傭兵が館の方に目を向け、シャリースもその視線につられて振り返った。黒衣に濃緑色のマントを着けた傭兵が、館から出て、ゆっくりと彼らの方に近付いてくる。

アランデイルは苦りきった顔で、傭兵たちの注目を浴びた。

「急いで戻らないといけないんですよ」

まず、彼はそう口を切った。

「リグレは、人質が減るのを恐れてるようですね。仲間が人質になってる方が、バンダル・アード＝ケナードに、より圧力が掛けられると思ってるんでしょう」

「そしておまえは、領主の夫人か娘に、圧力を掛けてきたのか?」

シャリースの皮肉を、アランデイルは平然と無視した。

「領主に娘はいませんでしたし、奥方の方は、圧力を掛けるべき相手だとは思いませんでしたね。小さな婆《ばあ》さんです」

「中はどんな様子だ」

傭兵たち全員が、この問いに対するアランデイルの答えに集中していたが、アランデイルには、何の気負いもなかった。

「主人とその奥方は、もういい年です。相続人である孫はまだ子供で、多分、十歳になっていないでしょう。男の召使いは、ざっと見たところ二十人ばかり。しかし戦いとなったら、使えるのはその半分ほどでしょう」

言葉を切り、彼は片手で、領主館を指した。

「その気になれば、こっそりあそこに忍び込んで、キーレンとネルを救い出すことも出来ます。どこをどう通ればキーレンたちの居場所に辿り着けるのかは、大体頭に入れてきましたから。平服に着替えておけば、俺たちもリグレの言う、ならず者の振りが出来るでしょう」

「よし、よくやった」

シャリースはうなずいたが、その選択肢は、恐らく、最後の手段になるだろうとも考えていた。まずは、雇い主の意向を確かめなければならない。

「それで、キーレンは、この件についてなんと言ってる?」

シャリースの問いに、アランデイルは顔をしかめた。訊かれなければ、答えなかったのにとでも言いたげな顔だ。しかし結局、彼は渋々、雇い主の言葉を伝えた。

「――実は、奴《やっこ》さんは、盗賊退治に乗り気です」

完全に、馬鹿にしたような口調である。

「どうやら盗賊の奴ら、村人を何人も殺しているらしいですね。エンレイズ軍からの脱走兵だという話です。その話を聞いて、キーレンは義憤《ぎふん》に燃え上がっちまったんですよ。多分、あそこに閉じ込められていなかったら、自ら兵を率いて、盗賊退治に繰り出していたでしょう」

シャリースは上目遣いに、アランデイルの整った顔立ちを見やった。

「……つまり奴は、俺たちに、盗賊退治に行けと、そう言ってるわけだな？」

アランデイルは素っ気なく肩をすくめた。

「それが当然だと考えてるみたいですよ」

いかにも、キーレンの考えそうなことではある。シャリースにも、それは判った。キーレンは理想主義者だ。正義を尊《たっと》び、不正を憎んでいる。エンレイズからの脱走兵が、罪もないモウダー人を襲っているなどと聞けば、すぐさま剣を抜いて飛び掛かっていこうとするだろう。

「――しかし、少しばかりですが、見返りもあります」

アランデイルが言葉を続け、傭兵たちは期待に耳を澄ませた。

「リグレが俺に言ったんですよ、ここに寄越す直前にね。首尾よく盗賊どもを追い出したら、この近辺をうろついているガルヴォ軍についての情報をくれるそうです」

シャリースは顎を撫でながら、アランデイルを流し見た。

「……それは、欲しいな」

「そうでしょう？」

アランデイルもうなずく。

「実際、かなり詳しい情報を持っているらしいですよ。館の塔からは、かなり遠い場所まで見渡せますし、商人が始終出入りするから、情報も早いんです」

「リグレとかいう野郎、商売が上手いな」

苦々しげなシャリースの言葉に、アランデイルも肩をすくめる。

「まったく、食えない爺《じい》さんでしたよ。金以外のあらゆる手を使って、我々に、脱走兵の始末をさせる気です」

リグレの申し出について、シャリースは素早く考えを巡らせた。溜息をついて、部下たちを見渡す。

「しょうがねえ、行くぞ」

顎で、森の方角を指す。

「こんなところで、モウダー人と揉めてる場合じゃねえからな。雇い主の意向もある。とっとと済ませようぜ」

傭兵たちの間からは不服そうな呻《うめ》き声も聞こえたが、隊長の決定に、真っ向から異を唱える者はいなかった。結局それが一番の早道になるだろうと、誰もが承知していたからだ。

館に戻らなければならないというアランデイルの腕を、シャリースは摑んで引き留めた。

「キーレンの野郎に言っとけ。こんなことは、本当は俺たちの仕事じゃない、後で、別料金請求するってな」

「判りました」

「それからな」

アランデイルに顔を近付けて、シャリースは声を落とした。

「リグレの寄越す情報の、信憑性《しんぴょうせい》を確かめたい。誰か、こっちの味方に付けられそうな奴が、館内にいるか？」

アランデイルの青い目が、面白がっているかのように細められた。

「女に手を出すなって言ったのは、隊長ですよ」

「別に、男だって構わねえぜ」

素っ気なく、シャリースは言い返す。

「今のところ、俺たちは、リグレに股座《またぐら》摑まれて、身動きも取れない状態だ。何とか出来るもんなら、したいからな」

「……努力します」

にやりと笑って、アランデイルは彼に背を向けた。

その様子からすると、既に目星をつけている娘でもいるのかもしれない。

溜息をついて、シャリースは踵《きびす》を返した。

4

太陽は中天高くに昇っているというのに、森の空気は湿っていて、冷たかった。

森の中を、一本の道が貫いている。荷車も通れる幅で、明らかに頻繁《ひんぱん》に使われているらしく、地面は踏み固められていた。首都ジャルドゥへ真っ直ぐに続くこの道は、近隣住民にとって大切な生命線だ。この道がなければ、ジャルドゥへ出るのに、丸一日余計に掛かってしまう。

だからこそ、手っ取り早く金を稼ぐには、最も適した場所でもある。

男たちはいつもの場所で、道を見張っていた。ちょうど道が大きく曲がり、巨木に視界を遮《さえぎ》られる場所である。ここを行き来する商人や、農作物を町で売り、金を懐《ふところ》に帰ってきた農夫を、ここで罠に掛けるのだ。

とはいえ、ここを通る者全てに、見境なく襲い掛かっているわけではない。彼らは、加減を考えていた。明らかに貧しい者を襲う手間は掛けない。また、蓄《たくわ》えがあるときには、次の獲物は狙わない。この道が使われなくなれば、困るのは彼ら自身だ。襲われるのは、運が悪い者だけ、そう、人々に思わせなければならない。抵抗しようとした何人かを殺したが、それ以降は、獲物が無駄な足掻《あが》きを見せることもなくなった。

盗賊たちは、統制が取れていた。彼らはかつて兵士であり、軍隊の合理性を学んでもいた。役割分担が決められ、利益は等分に分けられている。揉《も》め事を起こさぬためにはそれが一番の方法だと、皆が心得ている。

彼らを束ねる頭目は、堂々たる体軀《たいく》の持ち主で、十年近くもの間、エンレイズ軍に属し、国王が敵とみなした相手と戦っていた男だった。

一ヶ月前、彼は、安い賃金で命を懸《か》ける空《むな》しい日々から抜け出す決意をした。軍隊仲間には、同じく兵隊暮らしにうんざりした者たちがいた。そんな十人ばかりの元兵士を率いて、男はここに陣取っている。故郷に帰ることは考えなかった。彼らは重大な罪を犯した。もはや故郷は、安住の地ではない。

商人たちが通ると、道を見張っていた者から報告が入り、彼らは仕事に向かった。

獲物は五人連れだった。周囲をきょろきょろと見回しながら先頭を歩いてくるのは、木の陰に潜むエンレイズ人たちにとっても見知った顔である。近在の村に出入りしている商人で、以前にも一度、金を奪ったことがあった。しかしそう大した額ではなく、本人は無傷で通してやったため、再びここを通過する気になったらしい。残りの四人は、皆剣を提《さ》げていた。商人が雇った護衛かと思われたが、盗賊たちはその倍の人数を揃《そろ》えている。襲撃を躊躇《ためら》う理由はない。

半数が商人たちの行く手を塞《ふさ》ぐと同時に、もう半数が、退路を断った。商人が息を呑んで立ち竦《すく》み、おろおろと周囲を見回す。盗賊たちは、それを見て笑った。商人が逃げる道は、もうどこにも残されていないのだ。

「怪我をしたくなければ、大人しく財布を寄越《よこ》しな」

頭目は、決まり文句を口にした。要求は、簡単である方が効果的だと、彼は考えている。剣を抜き、商人の鼻先へ突きつける。

「死体から剝《は》ぎ取ることにしたって、俺は構わないがな」

商人の震える手が、腰に付けた財布を探ろうとする。だがその時、横から伸びた手が、大胆にも、商人に突きつけられた剣を脇へと押しのけた。頭目は、その手の主へ視線を移した。陽気そうな青い目をした小柄《こがら》な男で、盗賊たちに囲まれながら、全く臆《おく》する様子がない。他の三人の護衛も同様だ。皆平然と、彼のすることを見守っている。

「そんな物騒なもの、むやみやたらと振り回すなよ」

からかうような口調で、小柄な護衛は言った。

「こういうものは、ちゃらちゃら見せびらかすと、安っぽくなんだよ」

「ふざけやがって」

頭目は思わず唸《うな》り声を上げた。彼の巨軀に比べると、相手は勝負にならぬほど頼りなげに見えた。だが、本人は全く、それを気に掛けていない。青い目には、笑みさえ浮かんでいる。そして彼は、自分が押しのけた剣をしげしげと見つめた。

「……ああ、エンレイズ軍の剣だな」

何気ないその一言に、盗賊たちはぎくりとした。一方、指摘した方は、盗賊たちの装束を、値踏みするような目で眺めている。

「長靴もそうか。よく見りゃそっちの奴は、エンレイズの軍服のズボンを穿《は》いてるじゃねえか」

視線を上げ、彼は、目の前の巨漢に向かってにやりと笑ってみせた。

「脱走兵だな」

「――てめえにゃ関係ねえ」

頭目が怒りに任せて剣を振り上げた瞬間、別の男の悲鳴が、その動きを止めた。

盗賊たちは、ぎくりとしてそちらを振り返った。驚きに凍りつく。仲間の一人が、地面にうつぶせに倒れ、その背に、白い狼《おおかみ》がのしかかっているのだ。長い牙が後頭部に当てられ、今にも、彼の首をもぎ取ろうとしているように見える。

仲間を救おうと、側にいた一人が咄嗟《とっさ》に剣を抜いた。殆《ほとん》ど同時に、護衛たちが素早く剣を引き抜く。その速さは素人《しろうと》のものではなかったが、盗賊たちは、それに気付かなかった。まるで幻のようにその場に現れた、黒い影に目を奪われていたのだ。

盗賊の無骨な剣が、狼の背に振り下ろされる。しかし、その切っ先が美しい毛皮に届こうとした瞬間、剣の持ち主は、喉《のど》から血を噴き出しながら、木々の間へ倒れた。代わりに立っていたのは、傭兵《ようへい》の着る黒い軍服を纏《まと》った男である。自分の殺した男の死体には目もくれず、彼はじっと、盗賊たちの動きを見つめている。

あっという間に仲間の喉を切り裂いた男の顔を見て、盗賊たちは息を呑んだ。浅黒い顔は、その半分を刺青《いれずみ》に覆《おお》われている。たとえ直接見たことがなかったとしても、その男の噂《うわさ》は、エンレイズ軍に知れ渡っていた。白い狼を連れた異邦人の話は、兵士たちの間で、恐怖と共に語られたものだ。

木々の間から、揃いの黒い軍服を着た男たちが姿を現し、盗賊たちを取り囲んだ。濃緑色のマントと共に、その下から覗《のぞ》く肩の刺繍《ししゅう》は、刺青の男と同様、エンレイズ軍の中ではよく知られていた。盗賊の一人が、喘《あえ》ぐように息を吸い込む。

「……バンダル・アード＝ケナード……」

「へえ、どうやら俺たちは、それなりに有名らしいな」

金髪の男が、のんびりとそう言いながら近付いて来る。頭目は奥歯を噛《か》み締めた。彼は、この傭兵の顔を知っていた。戦場で、何度か見かけたことがある。

「ジア・シャリースか」

唸るような問いに、シャリースはあっさりとうなずいた。

「そうだ。おまえたちにちょいとばかり用があってな、そこにいる、おまえらの居場所を知ってるって御仁《ごじん》にご協力願った」

「なあ、だから、大丈夫だって言ったろう？」

傭兵たちの作る輪の中心では、平服のダルウィンが、未だびくびくしている様子の商人の肩を叩いている。

「仲間がずっと、周りを取り囲んでるからって」

ダルウィンに肩を抱かれながら、商人は今にも逃げ出したがっているような顔でうなずいた。

「そういうことだ、おまえたちは完全に囲まれてる」

それを横目で見ながら、シャリースはダルウィンの言葉を繰り返した。幸いにして相手の数が少なかったため、必要最低限の手間で、敵を包囲することが出来た。昨日リグレの依頼を受けてから、彼らは被害者の話を聞き、森を調べ、そして罠を張ったのである。

最初、この商人は協力を渋った。もし失敗したら、二度と、この森を通れなくなると恐れたのだろう。案内役を務めさせるために、傭兵たちは、彼を宥《なだ》めすかし、半ば脅迫《きょうはく》もした。怖い思いをさせはしたが、お陰で、目論見はうまく当たった。盗賊がいなくなれば、彼も安心して商売に励むことが出来るだろう。

剣を抜きもせず、シャリースは、盗賊たちの頭目と向かい合った。

「余計な手間を掛ける前に、選択肢をやろう。ここで俺たちに切り殺されて死体を獣《けもの》に貪《むさぼ》り食われるか、それとも武器を捨てて降伏するか、どちらか選べ」

歯を食いしばりながら、頭目は、傭兵たちを見回した。シャリースの言葉どおり、彼らは完全に、武装した傭兵たちに取り囲まれていた。ざっと見ただ

けでも、自分たちの数倍の人数だ。逃げ場はない。

諦《あきら》め、自棄《やけ》になって、頭目は剣を地面へ突き立てた。彼についてきた元兵士たちも、次々に剣を地面へと捨てる。既に仲間の一人が、一片の慈悲《じひ》を掛けられることなく殺されている。その二の舞になりたいと思う者はいない。

マドゥ＝アリの合図で、エルディルも、自分の獲物の上から降りた。それまで、狼の息を項《うなじ》に感じながら冷や汗を掻《か》いていた男は、しかし、倒れたまま動かなかった。緊張が一気に解けて、腰を抜かしていたのだ。

シャリースは部下たちに、捕虜を縛り上げるよう指示した。起き上がれずにいた男も、両腕を摑《つか》まれ、無理矢理引き起こされる。

「余計な手間を掛けさせねえでくれて、恩に着るぜ」

後ろ手に縛られた頭目に、シャリースは真面目に礼を言った。頭目は燃えるような目で若い傭兵隊長を睨《にら》んだが、実のところシャリースは、冗談を言ったわけではなかった。地面に突き立った剣を引き抜き、その切っ先で、進むべき道を示す。促《うなが》されて、捕虜たちは歩き出した。地面に打ち捨てられた剣は、すべて、傭兵たちが拾い上げていく。

シャリースは、捕虜たちの後についた。

「――正直なところ、こっちも忙しくてね。こんなところでのんびりしている暇はなかったんだ。これから、ダーゼ伯爵と、逢引《あいびき》の約束があってな」

「ダーゼ伯爵？」

歩き出した頭目が、顔をしかめてシャリースを振り返った。他の盗賊たちも、揃って怪訝《けげん》な顔になっている。この反応に、シャリースは眉《まゆ》を上げた。

「何だ？　知り合いか？」

頭目は鼻を鳴らした。

「彼はもう死んでる」

「……」

この一言に、傭兵たちは黙り込んだ。ある者は自分の耳を疑い、ある者は、この脱走兵が嘘《うそ》を吐《つ》いているのではないかと疑った。だが、他の捕虜たちも一様に、頭目の言葉にうなずいている。

森の静けさが、一層深くなったように感じられた。

「……何だと?」

しばしの後、シャリースがようやく尋ねる。頭目は、苛《いら》ついたような目でシャリースを見た。

「ダーゼ伯爵は死んでる。俺たちは、彼の部下だった。彼がガルヴォ人の剣で首を切り落とされるのを、この目で見た」

頭の鈍い子供に言い聞かせるような口調で言う。賛同の声が、捕虜たちの間から上がった。しかし、だからといって、簡単に納得できるものでもない。

「――だが、彼に合流しろという手紙が、俺たちの雇い主のところに来た」

ゆっくりと歩きながら、シャリースは反論した。大柄な盗賊が、馬鹿にしたように、唇《くちびる》の端を上げる。

「いつの話だ、二月《ふたつき》前か」

「いや、つい数日前だ」

両手を背中で縛られた状態で、頭目は傭兵隊長をせせら笑った。

「あんたら、騙《だま》されてるんだよ。ダーゼ伯爵は、一《ひと》月《つき》以上前に死んでるんだ」

自信に満ちたその言葉に、傭兵たちは沈黙した。

バンダル・アード＝ケナードは、盗賊たちを連行して、リグレの館の前庭に入った。

そこは、外から見た印象そのままと言ってよかった。塀は、内側から見ても、あちこちが崩れかけている。雑草が好き勝手に地面を覆い、家畜小屋も大分がたが来ているようだ。間近に見ると、館そのものも、苔《こけ》むして古びている。

形ばかり門を守っていた召使いが、バンダル・アード＝ケナードの到着を受け、主人へ報告に走った。鶏《にわとり》に餌をやっていた女が、庭に入ってきた傭兵たちの姿に、慌てた様子で逃げていく。その動きに、鶏たちが少しだけ騒いだが、彼らはすぐに落ち着きを取り戻した。闖入者《ちんにゅうしゃ》などには目もくれずに、地面をついばみ始める。前庭は少々手狭で、傭兵たちの約半数は、門の外をぶらつきながら待つこととなった。

やがて、一人のモウダー人が、エンレイズの傭兵と面会するため、前庭に姿を現した。

リグレは頭の禿《は》げ上がった、太った老人だった。館の老朽化とは裏腹に、念入りな刺繍の施された、豪華な服を身に纏っている。口元には笑みが刻まれているが、目には鋭い光を湛《たた》えていた。その後ろには、昨日、傭兵隊と交渉するためにやって来た、白髪の召使いが控えている。

拘束された盗賊たちの姿に、リグレは、大袈裟《おおげさ》な身振りで喜びを表した。

「なんと！　こんなにも早く、問題を解決してくれたとは！　さすがは名だたる傭兵隊だ！　素晴らしい！」

惜しみなく降り注《そそ》がれる賞賛の言葉を、シャリースは冷ややかに受け止めた。アランデイルはこのモウダー人にいい感情を抱かなかったようだが、それはシャリースも同様だった。リグレの態度と言葉は、あまりにも大袈裟で、芝居がかっている。たとえそうでなくとも、自分を利用した相手を、簡単に信用できるはずもない。

なおも喋《しゃべ》り続けようとしているリグレを、シャリースは穏やかに遮った。

「悪いが、のんびりと世辞を聞いている暇は無いんだ。盗賊どもはくれてやるから、俺たちの雇い主を返してくれ。それから、ガルヴォ軍の情報もくれるって話だったな」

「まあ、そう慌てることはあるまい」

リグレは、わざとらしい笑顔を崩さない。猫なで声で言う。

「疲れているだろう。すぐに食事の支度をさせよう。

まずは身体を休めるがいい」

　リグレの笑顔を見下ろして、シャリースはゆっくりと片眉を吊り上げた。他人の気前のいい好意を素直に喜ぶほど、彼は初心《うぶ》ではない。必要以上の親切を施してくれる相手には、大抵の場合、下心があるものだ。付け入る隙を与えると、痛い目に遭《あ》う。

「食事も休憩も必要ない」

　背後でチェイスの落胆の声を聞いたように思ったが、シャリースはそれを無視した。

「森に巣食ってた脱走兵は捕まえた。それがあんたの要求だっただろう？　四の五の言わずに、キーレンをここに連れて来てくれ。俺たちには大事な仕事があるんだ。これ以上長引かせるつもりなら、今すぐ、あいつらの縄を切って、武器を全部返しちまうぜ」

　顎《あご》で盗賊たちを指す。リグレの笑顔が、ほんの少しだけ強張《こわば》った。

「……そんなことは、キーレン殿が許すまい」

　声を低めて反論する。その主張に、シャリースは鼻を鳴らした。

「本人がここにいないのに、許さないかどうかなんて判んねえだろ？」

　意地の悪い口調で返す。リグレは一瞬黙り込み、そして、再び笑顔を取り繕《つくろ》った。

「では、中に入って、キーレン殿と話し合われるが良かろう」

「――何度も言うが、急いでるんだ」

　辛抱強く、シャリースは繰り返した。

「俺は、自分じゃ気の長い男だと思ってるが、それでも、いつかは腹を立てるぜ。あんたと家族、召使いたちに至るまで、すべて皆殺しにすることも出来る。そんな危険を冒して、あんたに何の得がある？」

　脅《おど》し文句を口にしつつ、しかしシャリースは立場上、自分は絶対に、そんな命令を出せないことを知っていた。相手はモウダー貴族だ。いかなる挑発を受けようとも、エンレイズの傭兵隊長である自分には、傷つけることが許されない相手だ。

そしてどうやら、相手もそのことを承知しているらしい。傭兵隊長の脅迫にも、リグレは怯《ひる》まなかった。シャリースが口で何を言おうと、リグレは、彼よりも圧倒的に有利な立場にいるのだ。

難しい相手であることを、シャリースは認めた。なんとかキーレンを取り戻さなければならないが、彼は宥めすかす以外の手段を持たず、相手は、彼の言うことに耳を貸そうとしない。鳥小屋の一つでも壊してみせたら怯《おび》えてくれるだろうかと考えたが、それ以上のことが何も出来ない以上、それも、有効な手立てであるとは言えない。背後で、部下たちが困惑している気配も伝わってくる。

白髪の召使いが主人の耳元で何事かを囁《ささや》いた。リグレはうなずいた。

「さあ、ここで睨み合っていても仕方があるまい？　キーレン殿は中でお待ちだ。まずは、中に入ろうじゃないか」

一度中に入れば、物を壊すか、人を傷つけるかしなければ、外には出られないかもしれない。シャリースが答えあぐねて黙り込んだその時、館の裏手から、三人の人影が、彼らの方に向かって歩いてくるのが見えた。

リグレの頭越しにそれを認めて、シャリースは思わずにやりと笑った。アランデイルが、キーレンとネルをつれ、散歩でもしているかのようにぶらぶらと近付いてくるのだ。傭兵たちの間から、小さな歓声が上がる。

「迎えが来たって、聞いたんでね」

仲間に手を振りながら、彼は楽しげな笑みを浮かべた。

「手間を省《はぶ》いて、自分から出てきましたよ」

それを見て目を剝《む》いたのは、リグレとその召使いだ。唖然《あぜん》とした顔で、中にいたはずの三人を見つめる。

「……一体、どうして……」

そんな馬鹿など言いたげな顔で、リグレは口の中で呟《つぶや》いている。それを聞きつけて、アランデイルは肩をすくめた。

「ご安心を。別に壁を壊して抜けてきたわけじゃないですよ。当然、扉を開けて出てきましたとも。あいう古い型の鍵は、開けるのに、そう苦労はしないもんで」

　悪びれもせずに言ってのける。傭兵たちの中には、その稼業を選択する以前、泥棒を生業《なりわい》にしていた者もいる。彼らの持つ良からぬ技術は、しかし傭兵となった後も封印されることなく、当然のことのように、他の傭兵たちへも伝えられていた。いざというときのため、持てる知識は出来るだけ多い方がいいのだ。

　アランデイルの後について前庭に出てきたキーレンは、元気ではあったが、少しばかり不機嫌そうだった。

「リグレ殿、どうやら盗賊は無事、片付いたようですな」

　慇懃《いんぎん》に、しかし冷たい口調で言う。

「お役に立てたようで、何よりです」

　自分が利用されたことも、今では知っているようだ。アランデイルが説明したのかもしれないが、部屋に外から鍵を掛けられたりすれば、どんな愚か者《もの》でも、自分がうまく嵌《は》められたことに気付くだろう。

　顔色を無くしたリグレと召使いを、アランデイルは皮肉な目つきで眺めた。

「彼はね、隊長、盗賊どもの始末を、俺たちに押し付けたいんです」

　シャリースにそう報告する。

「本来なら、この盗賊どもが裁判に掛けられるまで、リグレ殿は責任を持って、彼らを閉じ込めておかなきゃならないんですが、リグレ殿は、その手間と費用を省きたいんですよ。俺たちの手で、こいつらを処刑してもらいたいんです」

　リグレはぎょっとしたような顔で、二日間客として遇した傭兵を見やった。何故そんなことを知っているのかと、必死に考えているのが傍目《はため》にも判る。

アランデイルはあっさりと肩をすくめた。

「隊長たちが盗賊どもを皆殺しにしなかったんで、リグレ殿は内心残念に思っておられますよ」

「そうかい、そりゃ悪かったな」

悪いなどとは露《つゆ》ほども思っていない口振りで、シャリースはモウダー人に謝罪した。

「だが、簡単に生け捕りに出来るもの、わざわざ皆殺しにする必要があるとは思わなくてね」

言いながら、シャリースはちらりと、盗賊たちに視線を投げた。盗賊たちは大人しい。話の流れがどんどん不穏になっていくのをその耳で聞き、不安感を募《つの》らせているようだ。ただ、大柄な頭目だけは、憎々しげな目付きでシャリースを見返してきた。

「既に縛られてる人間を殺すのは、俺の趣味じゃない」

シャリースははっきりと、モウダー人にそう告げた。

「それに、そんなことのための金はもらってない。自分の領地のことだろう。自分でどうにかしろよ。どうせ、脱走兵は、エンレイズ軍の規定では縛り首だ。煮るなり焼くなり、あんたの好きにするがいいさ」

白髪の召使いが、勇気を奮い起こすかのように、大きく息を吸い込んだ。

「……この者たちは、エンレイズ人なのでしょう」

シャリースにではなく、その雇い主に向かって言う。この際、彼を閉じ込めていたことに関しては、開き直ることにしたようだ。

「エンレイズ人であり、軍の司令官であるあなたが、彼らを裁き、処刑するべきではないでしょうか」

「……」

虚《きよ》を衝かれたように、キーレンが言葉を飲み込む。シャリースは思わず溜息をついた。確かに、そういう理屈も、成り立たないわけではない。指摘されて、キーレンが、エンレイズ軍司令官としての己の義務について考えたのは明らかだった。この場に彼一人だったら、リグレに言いくるめられていたかもしれない。ネルも不安そうな顔で、主人と傭兵隊長を交互に見つめている。

だがシャリースは、キーレンの、司令官としての義務になど頓着《とんちゃく》しなかった。ここで、相手の思い通りに動いてやるわけにはいかないのだ。

「そんなことをしている暇はないぞ」

シャリースは片手を振って、雇い主の注意を引いた。

「俺たちは本隊から切り離されてる。兵の数だって少ない、一刻も早く動き出さねえと、こっちが首を縊《くく》られる羽目になる」

狼狽《ろうばい》したキーレンを後目《しりめ》に、シャリースはリグレと睨み合った。もっとも、剣も拳《こぶし》も使わずに、このしたたかなモウダー人を振り切れるかどうか、内心ではあまり自信がない。

進み出たのは、アランデイルだった。

その場の緊迫した空気をものともせずに、彼は何事かを、リグレの耳元で囁いた。リグレがぎょっとしたような顔で、無邪気そうに微笑《ほほえ》むエンレイズ人の若者を見上げる。

「どうしてそれを――」

「俺はもう、あなたのことなら何でも知ってますよ、リグレ殿」

アランデイルは、まるでいたわるような口調で言った。だがその声には、聞き違えようもなく、嘲笑《ちょうしょう》の響きがこもっている。

「それに、それを誰に報告すると、あなたが困るのかも。俺を黙らせたければ、うちの隊長の要求を呑むことですね。俺がいつまでも、大人しくて行儀のいい客人でいるとは限りませんよ」

アランデイルはリグレから目を逸《そ》らさなかったが、シャリースを始め、何人かの傭兵たちは、館の裏から自分たちの方を見ている、若い娘の存在に気付いた。正確には、彼女の目は、アランデイルだけに注がれている。その他の何も見てはいない。

そしてリグレは、ついに折れた。

「小ざかしい真似を」

ぶつぶつと、彼は言った。

「最初から、そのつもりだったのだな。そしていやらしくも、私の住まいを探り回った」

老人の恨み言に、シャリースは耳を貸さなかった。

「ガルヴォ軍が今どこにいるか判ると言ったな?」

一片の同情もない声音に、リグレは顔をしかめた。渋々口を開く。

「昨日、ジャルドゥの辺りにいたと聞いている」

「……近いな」

シャリースは、周辺の地図を、頭の中に思い描いた。

「それで、エンレイズ軍はどこにいる?」

「北だ」

ぶっきらぼうに、リグレは答えた。

「とにかく、彼らは北にいる。正確な場所は判らん。二、三日ばかり前に、エンレイズの傭兵隊が通ったが、彼らも北に向かっていた。そっちに、本隊がいるのだという話だった」

この情報に、シャリースは目を眇《すが》めた。顎に手を当て、老人を見下ろす。

「……その傭兵隊は、青いマントを着けてなかったか?」

シャリースの問いに、傭兵たちは息を呑んだ。リグレが問い掛けるように召使いを振り返り、召使いが、こちらも、好意的とは言えぬ態度でうなずいてみせる。

「そのはずです」

その瞬間、バンダル・ルアインの名前が、傭兵たちの間で囁かれた。彼らはここを通った。ゼーリックたちがもし首尾よく彼らに追いつければ、間もなく合流できるかもしれない。

バンダル・アード＝ケナードは、雇い主とその召使いの少年を、リグレの館から連れ出した。

野営地《やえいち》で待機している正規軍兵士たちの元へ向かいながら、シャリースは手短に、合流するはずのダーゼ伯爵は既に死んでいるという元兵士の主張と、自分たちが騙されている可能性を、雇い主に説明した。

「あの盗賊どもが、俺たちにそんな嘘を吐かなきゃならん理由は無い」

キーレンと並んで歩きながら、彼は、後にしてきたリグレの館へ視線を投げた。そこに置いてきた脱走兵たちは、この後どんな運命を辿《たど》るのだろうかと思いながら。

「そして奴らが本当のことを言っているのだとすると、考えられる可能性は二つある。一つは、ダーゼ伯爵が死んだという事実を、本隊が把握していないってことだ。滅多にないことだが、司令官を始め、主だった人間が死んじまって、残った兵士たちがてんでばらばらに逃げちまったときには、そういうことも起こる。もう一つは、誰かが手紙を捏造《ねつぞう》して、俺たちをおびき出そうとしている可能性だ」

キーレンは青ざめていた。シャリースの話に耳を傾け、唇を噛み締めている。

「……どうすべきだと思う？」

雇い主の問いに、シャリースは肩をすくめた。

「……北に向かうしかないだろう」

「罠かもしれないってのに？」

皮肉な口調で口を挟んだのは、彼らの後ろを歩いていたダルウィンだ。シャリースは半ば自棄になったような笑みを、唇の端に浮かべた。

「それでも、行くしかない。ゼーリックたちを拾わなきゃならんし、とにかく、本隊がいるのは北だ」

そして彼は、横を行く雇い主を見やった。

「それにな、違う方角に行けば、俺たちが脱走兵ってことになっちまう」

「……」

突きつけられた現実に、その場にいた者全員が黙り込んだ。

そこからの行軍は、更に用心深いものとなった。

自分たちは、敵の罠の中に飛び込んでいこうとしているのかもしれないのだ。いつどこから、敵が襲い掛かってくるのか、見当もつかない。全員がその恐怖を分かち合い、神経質になっている。

雇い主の身を守るために、シャリースは、考え得る限りもっとも慎重な策を講じた。キーレンをバンダル・アード＝ケナードの列に加え、マドゥ＝アリを護衛につけたのだ。白い狼も、当然のような顔で、キーレンの馬の足元を歩いている。馬が怯え、ネルがそれをなだめるのに苦労していても、エルディルはそ知らぬ顔だ。

シャリースはその側を、前を行くダルウィンとアランデイルの背中を見ながら歩いていた。周囲に目を配りながらも、ダルウィンは、己の好奇心を満たすことに熱心だ。

「あの時、リグレに何を言ったんだ」

その声は、シャリースのところにも届いている。

「あの爺《じい》さん、えらく慌ててたじゃねえか」

「良くある話だ、税金のことだよ」

アランデイルはさらりと答える。

「納めるはずの税金が、何故か奴の寝室にしまいこまれてるって事実を、教えてやっただけさ」

それを聞いて、シャリースは一人苦笑した。リグレというモウダー人は、とことん金に汚い男だったらしい。だがどこにでも、そんな人間はいるものだ。

「……彼は、私とネルを残して、何度か部屋から抜け出して行ったが」

キーレンが馬上から、感心したようにシャリースへ話しかけてきた。その目は、アランデイルを指している。

「何故あの短時間で、あれだけのことを知り得たものか見当もつかん。君は、優秀な部下を持っているな」

シャリースは下を向いたまま笑った。

「……奴がどうやってそういう情報を集めてきたのかを知ったら、あんたは目を剝くかも知れねえがな」

聞こえていたのだろう、アランデイルが肩越しに、ちらりと彼を振り返る。同じように振り返ったダルウィンが、にやりと唇を歪めてみせた。しかし誰も、雇い主へ、そのからくりを親切に教えてやろうとはしない。

「……ところでな」

キーレンが声を潜めて、シャリースの方へ乗り出してきた。

「彼は、私に腹を立てているのだろうか」

「何？」

顔を上げたシャリースに、キーレンは、こっそり背後を指してみせる。彼の危惧《きぐ》の正体に、シャリースはすぐに気付いた。以前にも、同じことを言ってきた雇い主がいる。

「マドゥ＝アリのことは気にするな。ただ、愛想がねえだけだ。にこにこ無駄に愛想を振りまきながら、腹の中でろくでもねえことばかり考えてる奴も中にはいるが、マドゥ＝アリは違う」

アランデイルが、傭兵隊長をじろりと見やった。

「無駄に愛想振りまいてる奴ってのは、まさか、俺のことじゃないでしょうね？」

「俺はそんなこと、一言も言ってねえだろ？」

誰がどう見ても、シャリースが引き合いに出したのはアランデイルのことだったが、シャリースは平然ととぼけてみせた。聞いていた傭兵たちの間から、まばらな笑い声が漏《も》れる。

そもそも誰の命令で愛想を振りまいていると思っているんだと、アランデイルがぶつぶつ言い始めたが、シャリースはそれを無視した。馬上のキーレンを仰《あお》ぐ。

「とにかく、あいつは大丈夫だ。あんたの身を守るために張り付いてるが、気を遣《つか》う必要もない。とにかく、うちで一番腕が立つのは、あいつだからな。あいつが側にいる限り、あんたは安全だ。何だったらあいつに、剣の使い方でも習ってみるか?」

この提案に、キーレンは青ざめた。

「だが君は今、彼は一番の使い手だと言わなかったか? 私など、すぐに斬り殺されてしまう」

「いや逆だ」

シャリースはかぶりを振った。

「上手い奴の方が、手加減の仕方を心得てる。余裕があるからな。下手な奴は自分が必死になっちまうから、加減が出来ずに、練習相手に怪我させちまうんだ。マドゥ゠アリはいい教師だ。あんたがへとへとになるまで、かすり傷一つ負わさずにしごいてくれるだろう」

キーレンは、何か固い物を飲み込んだような顔になった。

「……今日のところは、遠慮しておこう」

「そうか、残念だな」

キーレンがそそくさと馬の足を速め、自分から離れていくのを、シャリースは見送った。マドゥ゠アリとエルディルが、さりげなくそれについていく。

代わりにシャリースの隣へやってきたのは、タッドだった。

「ご苦労なことだな」

灰色のマントを着けた髭面の傭兵は、からかうような口調で、年下の傭兵隊長へ話しかけた。

「雇い主の相手も楽じゃないようだ」

シャリースは肩をすくめた。

「あれくらい、何てことはないさ。雇い主の中には、こっそり藪《やぶ》に連れ込んで、絞め殺してやりたくなるような輩《やから》だっているからな。キーレンは、大分ましな方だ」

ふと思いついて、シャリースはタッドの肘《ひじ》を摑んだ。道を外れ、仲間たちから、少しばかり距離を取る。

「一昨日の話だがな」

　声を低める。

「おまえの言ったことが本当で、もし、元バンダル・フィークスの中に裏切り者がいたとすると、そいつが俺たちと一緒にいて——今でも、ガルヴォと通じてる可能性だってあるってことだよな」

　少しばかり考えて、タッドはうなずいた。

「そうだな、可能性はある」

「それが誰か、心当たりはあるか？」

　タッドは眉間《みけん》に深い皺《しわ》を刻んだ。不快そうな眼差《まなざ》しで、シャリースを睨む。

「……あんたは俺に、嫌なことを言わせようとしているな」

「何しろ、俺たち全員の命が掛かってるからな」

　シャリースは真っ向から、その視線を受け止めた。

「判っているだろう？　俺たちは今も、敵の罠に嵌まりつつあるのかもしれない。それを避けるために、出来る限りの手を打っておきたい。だが、身内に裏切り者がいるとなると、それも難しい」

　渋い顔のまま、タッドはうなずいた。

「——だが、バンダル・フィークスにいた仲間のうち、二人は既に、あんたの命令で別行動を取っている。残っているのは、俺の他には、もう一人しかいないが——」

「一人？」

　ふと引っ掛かって、シャリースは相手を遮った。

「二人じゃないのか？　ライルと——」

　もう一人、灰色のマントを羽織《はお》った男がいたはずだ。しかしシャリースは、その男の名前が思い出せなかった。

　タッドは片眉を上げた。

「ライル？　あいつは違う。奴は、バンダル・ヴェレルの方だろう」

「そうなのか」

　シャリースは呟いた。彼らの元へやって来たとき、ライルは既にマントを失くしていた。所属は不明だったわけだが、シャリースは、彼がバンダル・フィークスの傭兵だったのだと思い込んでいた。最初に言葉を交わしたとき、ライルが、タッドと親しいような印象を受けたからだ。だが考えてみれば、ライルからも、他の誰からも、彼がどちらのバンダルに所属していたのか、聞いた覚えはない。

タッドは続けた。

「もう一人はソーマだ。だが、ソーマは、そんなことをする奴じゃないと、俺は思う。とにかく、俺には判らん」

「——そうか」

シャリースは、タッドの逞《たくま》しい肩を叩いた。

「気を悪くしないでくれ」

「それがあんたの仕事だってことは、判ってる」

重々しく、タッドはうなずいた。

空が、夕焼けに赤く染まりつつあった。

何とか身を隠すことの出来そうな林を、彼らは、暗くなる前に発見した。

野営の火は必要最小限にするよう、全軍に命令が下った。幸い、その日は、火がなくとも過ごせるほど、温かな夜になりそうだった。日が沈む前に煮炊きを済ませようと、兵士たちは慌《あわただ》しく働いている。煙は、頭上に枝を伸ばした木々が消してくれるはずだ。

正規軍兵士たちには、詳しい事情は説明されていない。だが彼らも、敵がすぐ側にいるかもしれないということは心得ていた。斥候《せっこう》の数が増やされ、彼らもまた、その任務に駆り出されているのだ。そして、彼らが、自らの司令官よりも信頼を寄せている若い傭兵隊長は、頻繁に行軍を止めては、斥候の任から戻ってきた部下たちと、深刻そうに話し込んでいる。

しかし、それもダーゼ伯爵の軍と合流するまでの辛抱だと、正規軍兵士の多くが考えていた。

シャリースは部下たちにダーゼ伯爵の死について は箝口令《かんこうれい》を敷き、傭兵たちもそれに従っている。正規軍の兵士たちの中には、まだ、戦いに慣れていない者も多い。下手に希望を打ち砕くような真似をすれば、脱走しようとする者も出るかも知れない。逃げ出す者にとっても、それを捕まえなければならない者にとっても、不幸な結果を招くことになる。

兵士たちの間を抜けて、シャリースは、雇い主を探しに行った。

斥候に出ていた者たちの話によると、周囲に敵の姿は見当たらなかったが、軍が野営した跡が残されていたという。彼らがいる場所から、少しばかり北東に行った場所である。焚《た》き火《び》の跡はまだ微《かす》かにぬくもりを残しており、少なくとも、その場所が使われてから、一日以上は経過していないと思われた。規模からして、先日自分たちを狙っていたガルヴォ軍の可能性が高いが、だとすると、彼らは、目標を見失っているようだ。エンレイズ軍が盗賊退治のため足止めされていることを知らず、先に進んでしまったらしい。

もしそうならば、潜り込んでいたスパイは、ゼーリックが連れて行った中にいたのかもしれない。だとすればひとまずは安心だが、確証は無い。

そしてまだ、手紙の問題がある。あれが本当に、本隊から届けられたものか、或《あ》いは、何者かが悪意を持って、死んだ男の名前を持ち出し、彼らをおびき出そうとしたものか、そこからして謎だ。

キーレンは、正規軍の兵士たちの真ん中にいた。ネルが手際よく、主人のための夕食を用意している。乾燥豆のスープにチーズという、至って質素なものだ。そしてキーレンから少し離れて、マドゥ＝アリが蹲《うずくま》るように座っていた。エルディルがその横で、丸くなって眠っている。

シャリースはキーレンに歩み寄り、その隣に腰を下ろした。キーレンは疲れた顔だったが、傭兵隊長を歓迎した。一緒に夕食を食べて行くようにと誘ってもくれたが、シャリースは遠慮した。既にダルウィンが何かを作り始めており、少なくとも、ここで用意されている食事よりは、そちらの方がましなはずだった。

「いや、すぐ戻る。ただ、ちょっと訊きたいことがあるだけだ」

マドゥ＝アリにうなずきかけ、そして、雇い主に目を戻す。

「ダーゼ伯爵に合流しろと書いてあったあの手紙だが、持ってきたのは、どんな男だった？」

シャリースの問いに、キーレンの目線が召使いの方へ向く。ネルは、チーズを切っていた手を止めた。

「受け取ったのは僕です」

シャリースは片眉を吊り上げた。

「それで？」

少年は、戸惑ったような顔になった。

「普通の――正規軍の兵士でした。少なくとも、エンレイズ軍の軍服を着てました。受け取ってすぐに、キーレン様のところに持って行ったんです」

「知った顔だったか？」

ネルは自信なさげにかぶりを振る。

「いえ、見たことはないと思います……多分……」

言葉が、尻すぼみに消えてしまう。自分でも、確信が持てなくなって来てしまったらしい。

シャリースは顎を撫《な》でながら考え込んだ。ネルの証言は、あまり、ことの真相を解き明かす助けにはならない。本隊から来る使者が正規軍の軍服を着ているのは当然だ。そして、使者が偽者だったとしても、エンレイズ軍の軍服を手に入れることは、さほど難しくはない。モウダーには幾らでも、エンレイズ軍兵士の死体が散らばっている。放置された死体から物品を剥ぎ取ることを、誰も躊躇ったりはしない。

「……それで、手紙をおまえに渡した後、そいつはどうした？」

ネルは眉を寄せた。その時のことを、必死に思い出そうとしているようだった。

「そのまま、馬に乗って、元来た方へ戻って行きました」

「何か、変わった様子は？」

「変わった様子って？」

「例えば――そうだな、そわそわしてたとか、俺たちの様子をじっと見ていたとか」

　ネルの表情に、困惑の色が深まった。

「別に……何も……」

　申し訳なさそうに言う。シャリースは溜息をついた。

「――そうか」

　少年の肩を叩いて、シャリースは立ち上がった。マドゥ゠アリに、ついてくるよう合図する。

「暗くなったら、またここに寄越すからな」

　雇い主にそう言い置いて、彼はマドゥ゠アリを連れ出した。エルディルも大きく伸びをしてから、二人の後についてくる。そろそろ餌がもらえそうだと気配で察したか、その金色の目は期待に輝いていた。太陽が沈み、人間の目が利かなくなれば、雇い主を守る一番重要な仕事が、彼女に任されることになる。彼女には、バンダルの誰よりもいい食事を摂《と》る権利があると、シャリースも認めざるを得ない。

「今夜くらいは、大丈夫そうだからな」

　シャリースは、横を行くマドゥ゠アリに声を掛けた。

「おまえもちゃんと寝ろよ。大変なのは、これからだ」

　マドゥ゠アリは黙ってうなずく。彼が過酷な状況に耐え得る力を持っているのは知っていたが、シャリースは出来るだけ、彼の世話を焼くようにしていた。マドゥ゠アリは、決して不平を漏らさない。それが却《かえ》って、シャリースを心配させるのだ。

　傭兵たちの野営場所に差しかかったとき、林の中、夕方の最後の光を浴びて、一人の男が小さな影と並んで立っているのを、シャリースは見た。

毛布を不格好に羽織っている姿から、それがライルであることはすぐに判った。一緒にいるのは、まだ子供のようだ。その背丈から察するに、十歳以上ではないように見えた。だが、どこからそんな子供がやってきたのかは、見当もつかない。

殆ど同時に、子供は、近付いてくる二人と一匹に気付いた。

狼の姿にぎょっとしたらしい。子供は一瞬、凍りついたように立ち尽くし、それから身を翻《ひるがえ》した。脱兎《だっと》のように林の奥へ逃げ込み、すぐに、姿が見えなくなる。

ライルはそれを見送って、野営地に戻ってきた。シャリースが自分を見ているのに目を留め、屈託《くったく》のない笑みを浮かべる。シャリースは林の中を透かし見たが、子供の気配はもう、どこにもなかった。

「誰だ、今のは」

子供が消えた先を、顎で指す。ライルは肩をすくめた。

「この辺りの子らしいですよ」

こともなげに、彼は答える。

「物乞いをして暮らしてるって言うんで、パンを少し分けてやったんです」

そしてライルは、ぶらぶらと彼らから離れていった。シャリースは足元を見下ろし、そこにいた部下の一人と視線を合わせた。彼はそこに座って自分の夕食を摂りつつ、彼らのやり取りを見ていたのだ。

「……本当か?」

声を落として、シャリースは尋ねる。相手はうなずいた。

「少なくとも、パンを渡してたのは本当だ。話は全然聞こえなかったが、喋ったとしても、二言三言程度だ」

シャリースは眉を上げた。

「……渡したのは、パンだけか?」

彼の言わんとするところを察したらしく、相手は静かにかぶりを振った。

「パンだけだ。あのガキは、受け取ってすぐ、全部口の中に押し込んじまった。よっぽど腹を減らしてたんだろう。今頃、喉を詰まらせていないといいがな。その他には、何も渡していない。二人の手は、ここからちゃんと見えてた。間違いない」

「そうか」

シャリースはうなずいて、林の奥を見やった。

夜の帳《とばり》が降り始め、湿った闇だけが、周囲を取り巻いていた。


辛《かろ》うじて周囲を照らす程度のごく小さな焚き火の前で、メイスレイが古い詩を語っている。

近くにいる数人が、それに耳を傾けていた。味方の裏切りに遭い、罠に掛けられ、非業《ひごう》の最期を遂げた男の詩だ。暗闇を透かし見るようにしてメイスレイを捜していたシャリースは、その内容に気付いて苦笑した。見かけは線が細くとも、メイスレイはなかなか図太い神経の持ち主のようだ。

詠《うた》われた男が墓の中に入り、詩の最後の一行が終わったところで、シャリースは、彼に声を掛けた。

「メイスレイ、ちょっと話がある」

茶色のマントを羽織った男は、顔を上げてシャリースを見やった。

「この詩は、今の状況にふさわしくないという話か？」

穏やかに尋ねる。シャリースは片眉を上げた。

「これ以上ないくらいにふさわしいと思うが、詩について語りにきたわけじゃない。別件だ」

身振りで促すと、メイスレイは立ち上がった。シャリースは、こちらに目を向けた部下の一人にうなずきかけた。メイスレイにも常に監視がついているが、一旦、その役は、シャリース自身が負うことになる。

二人は焚き火の側を離れ、林の奥へ移動した。メイスレイにも、これが内密の話であることはすぐに判ったらしい。黙って、シャリースの後についてくる。

　シャリースが立ち止まったのは、互いの顔が、辛うじて見分けられるような暗がりだった。

「あんたにとって不愉快な話なのは判ってるが」

　シャリースはそう前置きした。

「だが、タッドにも同じことを訊いた。協力してくれ」

　メイスレイは片手で顎を撫でた。

「……例の、敵と通じている裏切り者の件だな？」

「察しが良くて助かるよ」

　メイスレイは小さな笑い声を漏らした。

「俺が、裏切り者だったらどうする気だ？　あんたをここで刺して、悠々《ゆうゆう》と逃げ出しちまうかもしれないぞ」

　シャリースはつられて笑った。そして、口元を引き締める。

「その時は、己の不明に恥じ入るさ。だが、ガルヴォ軍を相手にしている限り、あんたは誰より頼りになるはずだ。あんたは奴らを憎んでいるからな――奥さんの話は知ってるぜ」

　以前、バンダル・ヴェレルと一緒になったとき、その中の一人が話してくれたのだ。メイスレイは昔、妻を持っていた。傭兵と結婚したがる女は多くはないが、彼の妻は、数少ない例外の一人だったらしい。彼はエンレイズとガルヴォの国境近くに、妻と過ごすための家を買い、妻は、ごくたまにしか帰らぬ夫を待ちながら、そこで暮らしていたのだ。だが、ガルヴォとの戦争が始まったとき、ガルヴォ軍兵士の手によって、彼の妻は殺された。以来メイスレイは、ガルヴォ人を喜んで殺すようになったという。

　メイスレイは足元へ目を落とした。

「――昔の話だ」

　ぽつりと、彼は言った。そして、暗闇へと視線を投げる。

「バンダル・ヴェレルの生き残りの中で、ガルヴォ兵と通じている可能性のある奴がいるかどうかを訊きたいんだな？」

「そうだ」

シャリースの簡潔な返事に、メイスレイはしばしの間黙り込んだ。

「バンダル・ヴェレルの人間は、全員よく知っている」

やがて、彼は考え込むような口調で言った。

「少なくとも、私はそう思っている。もちろん、生き残った連中一人一人とも、長い付き合いだ。残ったのは、たった四人だ。互いを疑うようなことはしたくないが――」

「……ちょっと待った」

シャリースは片手を挙げて、相手を遮った。

「四人？　あんたを入れずに、四人てことか？」

暗がりの中でも、メイスレイが、顔をしかめた気配が伝わってきた。

「茶色のマントを着ている傭兵は何人いる？　四人だけだ。見れば判るだろう。今は三人しかいないが……」

「――ライルはどうだ？」

唸るようなシャリースの問いに、メイスレイは、困惑したように小首をかしげた。

「ライル？　あいつは、バンダル・フィークスの傭兵だろう？」

シャリースは唇を噛み締めた。おかしなことになってきた。だが、糸口が見付かったのかもしれない。

「……タッドは、違うと言っているぞ。奴は、ライルはバンダル・ヴェレルから来たと思ってる」

「……」

メイスレイは黙り込んだ。顔は見えなくとも、彼の胸にもまた、深い疑惑が植えつけられたのは判る。

シャリースは大きく息を吸い込んだ。

「――あんたが、ライルと初めて会ったのは、いつだ？」

「バンダル・ヴェレルが無くなってしまった、その日の夜だ」

少しばかり苦い口調で、メイスレイは答える。

「生き残った正規軍の兵士と傭兵が、皆一緒に野営をしていた、その場所だ」

思わず、シャリースは眉を上げた。

「つまり、知らない顔も多かったってことか」

「そうだな」

メイスレイがうなずく。シャリースは闇を透かして、相手を見やった。

「——たとえ部外者でも、軍服さえ着てれば、そこに紛《まぎ》れ込めたってことだな?」

「部外者だとは言い切れないだろう」

用心深く、年嵩《としかさ》の傭兵は指摘した。

「どこか、別のバンダルから流れてきたのかもしれない」

シャリースは唇を引き結んだ。

「——それを、本人の口から聞いたことはあるか?」

「いや」

「普通は言うだろう、別のバンダルの人間に会えば。だが、奴は何も言わなかった」

しばし考え、そしてシャリースは溜息をついた。

「ちょっと、注意しておく必要があるな」

「まずは、本人に直接訊いてみたらどうだ?」

メイスレイが慎重に提案する。シャリースはかぶりを振った。

「裏切り者かどうかは判らないが、奴は何かを隠してる。本人に問い質すのは簡単だが、嘘の説明を聞かされても、何の得にもならん——」

「隊長——?」

暗闇の中から、声が聞こえた。

「そこにいます?」

シャリースはそちらを振り返った。チェイスの声だ。

「こっちだ。どうした?」

薄闇を手探りするように、チェイスが、用心深い

足取りで近付いてきた。その顔が不安に曇っている
のが、僅《わず》かな光の中でも見て取れる。

「ライルが、消えちまったんです」

その報告に、シャリースは眉を上げた。

「何？」

「ついさっきなんです。暗くてどこにいるのかよく
見えないと思ってたら——消えちまってて……」

この時間は、チェイスが、ライルを監視すること
になっていたのだろう。彼の口調は悄然《しょうぜん》としていた。

「……今、何人かで探しに行ってます」

シャリースは思わず舌打ちしていた。疑惑は、本
物だったのかもしれない。そして彼は、みすみす敵
を逃がしてしまったのかもしれない。

「——やられたな」

シャリースの呟きに、チェイスはうなだれた。

「……すいません……」

手を伸ばして、シャリースは若者の肩を掴んだ。

「いや、おまえだけのせいじゃない。俺たち全員が、

奴にはめられたってことだよ」

5

　夜明け直前の灰色の世界で、何者かに肩を揺すられ、シャリースは目を覚ました。

「シャリース、起きろ」

　鋭い囁《ささや》きに視線を上げる。幼《おさな》馴染《なじみ》が、上から彼を見下ろしている。その表情は真剣で、少しばかり慌てているようにも見えた。思わず毛布を跳ね除《の》け、起き上がる。

「……どうした」

　反射的に尋ねたが、もう、答えは知っていると思った。今彼らの置かれている状況で起こり得る非常事態は、敵の出現しか考えられない。差し込んだ曙《しょ》光《こう》で、歩哨《ほしょう》が敵軍の姿を見つけたのだろう。焦燥《しょうそう》感《かん》に駆られながら、彼は剣を引き寄せた。全軍を叩き起こしてここから逃げ出すまでに、どれだけの時間が残されているのだろうかと考える。

　しかしダルウィンの答えは、彼の予想とはまるで違っていた。

「奴が戻ってきてる」

　一瞬、シャリースは、何を言われたのか判らなかった。目をしばたたいて、幼馴染の青い瞳を見つめる。

「――誰が?」

「ライルの野郎だよ」

　ダルウィンは顎《あご》で背後を指した。苦々しい笑みが、その唇《くちびる》に宿る。

「何事もなかったみたいに、ぐうすか寝てやがる」

「……」

　混乱して、シャリースは黙り込んだ。

　ライルは、昨夜、闇に紛《まぎ》れて逃げ出したはずだった。その姿は結局見つけられず、誰もが、彼こそがガルヴォと通じる裏切り者だと確信したのだ。だが、夜の闇が、彼らの行動を封じた。逃げ出したライルも、灯りなしでは身動きが取れなかったはずだ。夜の間はどこかに身を潜め、動き出すのは、朝になってからだろうとシャリースは推測した。動けなければ、ガルヴォ軍の元へ行くことも、エンレイズ軍の居場所を話すこともない。足元が見えるようになり次第、出来るだけ早くこの場から移動しようと、シャリースはそういう心積もりでいたのだ。

　周囲で眠っている者たちを起こさぬよう、二人は、足音を忍ばせて移動した。やがて、ダルウィンが、一つの焚《た》き火《び》跡を指す。灰に残るぬくもりを感じたがっているかのように、毛布に包まれた塊《かたまり》が、そこへぎりぎりまで近付いて、横たわっている。仰《あお》のいた幸せそうな寝顔は、間違いなくライルだ。

「……どういうことだ」

　それを見下ろしながら、シャリースは口の中で呟《つぶや》く。

「こっちが訊きたいぜ」

　ダルウィンの返事は冷ややかだ。既に同じ問いを、何度も自分に投げ掛けたのだろう。昨夜の騒動を思い出すに、何の悩みもなさそうなライルの寝顔は、二人の気力を奪うに十分だった。

　気配を感じたのか、ライルが微《かす》かに目を開けた。

迷惑そうに、自分を覗《のぞ》き込んでいる二人を見上げる。

「……どうしたんですか？」

不明瞭《ふめいりょう》な口調で尋ねる。いかにも、自分は被害者だと言わんばかりだ。シャリースとダルウィンは顔を見合わせた。

「……それは、こっちの台詞《せりふ》だ、ライル」

努めて、シャリースは声を低めた。

「昨夜は、どこ行ってた？　捜したんだぞ」

片手で髪をくしゃくしゃに掻《か》き回しながら、ライルはのろのろと上体を起こした。顎が外れそうな大《おお》欠伸《あくび》をする。

「参りましたよ」

涙の滲《にじ》んだ目を眇《すが》めて、彼はシャリースを見やった。

「ちょっと用足しに行ったら――ほら、あんまり皆のいる近くじゃ、まずいでしょ。そしたら、真っ暗で方角が判んなくなっちまって」

言葉を切り、彼はもう一度欠伸をした。

「……危うく、ここに帰れなくなるところでしたよ」

「……いつ戻ってきた？」

ダルウィンの問いに、ライルは首を傾げる。

「いつかな……月が見えなかったから、どれくらいの時間が経ってたかは判んないんですけどね――でも、俺が戻ってきたときは、皆寝てましたよ」

呑気な物言いである。シャリースは片眉《かたまゆ》を吊り上げた。

「歩哨に見つからなかったのか？」

「見付かりましたよ」

ライルは平然たるものだ。

「正規軍の――名前は判りませんけど、でも、別にどうと言うこともなく、通してくれました。俺の顔を知ってたんでしょう」

シャリースは目を眇めた。ライルが戻ってきたとき、報告が来なかった理由はそれで判った。正規軍の兵士には、不安要素は、極力伝えないようにして

ある。ライルの失踪も、そのうちの一つだ。

　ライルはぼんやりと、周囲を見回した。

「……ところで、もう起きなくちゃならん時間ですか？」

　シャリースは思わず溜息をついた。

「寝たければ、もう少し寝ていろ。少しだけだがな」

　ライルはにっこりと笑い、そのままばたりと後ろに倒れた。すぐに寝息を立て始める。呆れたようにその様を眺めて、ダルウィンは、シャリースの肘《ひじ》を摑《つか》んだ。そっと、ライルから遠ざかる。

「追及しないのか？　俺たちはあいつに、いろいろと訊きたいことがあったはずだぜ」

　息だけで囁く。シャリースはかぶりを振った。

「奴は戻ってきた。何のつもりか判らんが、とにかく、俺たちの側から離れる気はないらしい。奴が何かぼろを出すまで、もう少し、様子を見よう」

　そして彼は、所属不明の若者をちらりと振り返った。

「とりあえず、奴への監視を増やしてくれ。誰と何を話し、何を聞きたがるのか、すべて知りたい」

「判った」

　ダルウィンはうなずいた。そして溜息をつく。

「……ゼーリックが恋しいぜ。こんな細かくてくそ忌々《いまいま》しい仕事は、本来あいつがやってくれるはずなのに」

「本人に、そんなことを言うなよ」

　真面目腐って、シャリースは幼馴染へ忠告した。

「今度こそ本当に引退しちまうかも知れねえからな」

　だが、ゼーリックが平和に引退する日は来ないのかもしれない。それは、自分たちも同じことだ。ゼーリックはもうどこかで死んでいるのかも知れず、自分たちも、明日には死ぬ運命かもしれない。

　その思いを、二人は思考の隅へと押しやった。

キーレンに届けられた手紙の中で、ダーゼ伯爵と合流するように指示されたのは、首都ジャルドゥから北に半日ばかり進んだ場所にある、小さな村だった。

そしてそこが、ゼーリックと落ち合うはずの場所でもあった。うまくいけば、バンダル・ルアインとも。村を見下ろせる草深い丘の上に、バンダル・アード＝ケナードは正規軍を導いた。

この状況で、馬鹿正直に真っ直ぐ村へ入る気は無い。誰にも見られぬよう、彼らは細心の注意を払って、その場所に辿《たど》り着いた。すぐさま、平服に着替えた傭兵《ようへい》二人が、旅人を装って村に入る。噂《うわさ》好きを装わなくとも、旅人が、周辺の状況を知りたがるのは、おかしなことではない。間もなく彼らは、情報を得て戻ってきた。

エンレイズ軍は、二週間以上、この村では見かけられていないと、彼らは報告した。ダーゼ伯爵が生きているにしろ、死んでいるにしろ、ここにはいないということだ。既に指定された日を過ぎていることから、やはりあの手紙は、真っ赤な偽物であった可能性が高い。

そして、ゼーリックと彼が連れているはずの傭兵も、まだ到着していない。

バンダル・アード＝ケナードと正規軍の兵士たちは、丘の上に座り込み、村に至る道を見張りながらじっと待った。近くに敵が潜んでいるかも知れぬ場所で、孤立無援だという事実さえ考えなければ、のどかな時間だった。鮮やかな緑に覆《おお》われた丘には、薄紅色、黄色、そして白と、色とりどりの花が一面に咲き乱れ、その上を、美しい羽を持つ蝶たちがひらひらと舞っている。

シャリースは草の上に腰を下ろし、眼下に広がる景色を眺めていた。この場所からは、南北に走る道が一望できる。降り注《そそ》ぐ日差しについ眠気を誘われた。

しかしその時突然、背中に何かが突き当たり、彼は驚いて、危うく悲鳴を上げそうになった。

振り返る間もなく、エルディルが、彼の膝《ひざ》に伸《の》し掛かってくる。恐らく彼の背中には、狼《おおかみ》の足跡がくっきりと付いているのだろう。エルディルは嬉しげに彼の顔を舐《な》め、シャリースはそれを押し退《の》けるのにしばし躍起になった。

キーレンが静かに、その隣に腰を下ろす。少しばかり距離を置いて、マドゥ＝アリがその後ろに立った。シャリースを舐めるのに飽きたか、エルディルがさっさとそちらへ走り寄って行った。

エンレイズ軍の司令官は、周囲をゆっくりと見回した。

「綺麗《きれい》な場所だ」

彼は感慨深げに言った。

「娘を連れてきてやりたいくらいだ」

「戦争が終わったらな」

袖口で顔を拭《ぬぐ》いながら、シャリースはエルディルを睨《にら》んだ。だが白い狼は、彼の方など見てもいない。

キーレンは、シャリースと、無表情なままのマドゥ＝アリとをしげしげと眺めた。

「一度訊いてみたいと思っていたんだが」

「何だ」

「傭兵暮らしというのは、一体どんなものだ？」

シャリースは肩をすくめた。この質問を受けるのは、初めてではない。現実はどうであれ、傭兵稼業に夢や憧れを抱く者は少なくないのだ。

「汚い仕事だ。多分、あんたが想像するよりもずっとな。正規軍に入るより金になる。それは確かだ。もっとも傭兵として働いて稼ぐには、それなりの腕と運が必要だが」

シャリースは片腕を広げてみせた。

「戦場には、黄金の花が咲いていると、俺たちの間では言う。それを掴みさえすれば、大金持ちだ。だが、実際にその花を摘《つ》み取れる男は、そう多くはない。殆《ほとん》どの傭兵が、その前に死ぬ。それより運が良かった者は、引退して、もっと穏やかに暮らす道を選ぶ」

「……それなのに何故、傭兵に？」

無邪気とも言える雇い主の問いに、シャリースは笑い出した。

「そうでもしないと、生きていけないからさ」

キーレンは、呆気に取られた顔になる。シャリースはにやりと笑った。

「矛盾《むじゅん》してるように聞こえるか？　だが俺たちだって、初めから死ぬつもりで傭兵になったわけじゃない。皆、自分だけは生き残れると思ってるのさ。それくらい図々しくないと、こんな商売、やってられねえぜ」

「隊長」

静かな声が、シャリースを呼んだ。シャリースは振り返った。マドゥ＝アリが、丘の縁を指差している。

小さな影が走り去っていくのが、シャリースの目にも見えた。子供だ。後ろ姿はすぐに、丘の向こうへ消えた。

「……昨夜のガキか？」

マドゥ＝アリはかぶりを振った。

「今の子供は、もっと小さかった」

「……子供？」

割って入るのを恐れているかのように、キーレンがおずおずと尋ねる。シャリースはうなずいた。

「物乞いのガキが、昨夜パンをねだりにやってきたんだ。今のも、その仲間かも知れねえな」

しかしもちろん、近所の子供だという可能性も高い。その場合、彼らの存在が知れ渡り、危険が迫ることにもなりかねない。シャリースは急いで立ち上がった。キーレンとマドゥ＝アリをその場に残して、子供が去った方へと急ぐ。

「あ、隊長」

手を振りながら、チェイスが彼を呼び止めた。

「今、子供が――」

「ああ、見た。何で歩哨が気付かなかったのか、それを知りたい」

「ライルが呼んじまったんですよ」

チェイスは顎で、背後を指した。草の上にのんびりと腰を下ろしたライルが、隣にいる傭兵と談笑している。

「自分のパンをやって、それで帰しました。どうも、昨日来た子の仲間みたいですね」

シャリースは眉を寄せた。

「――どうやら俺たちは、物乞いのガキの集団に目を付けられちまったらしいな」

浮浪児たちが何人かの集団を作って生活していることは珍しくない。一人では生きて行けない子供も、寄り集まれば逞《たくま》しく生活していくようになる。そんな集団の一つが、彼らの食料に目をつけ、ついてきているのかもしれない。

「そのうち、ありったけの食い物を巻き上げられちまうことになるかもしれねえぞ」

「冗談じゃないっすよ」

ライルを憚《はばか》って小声だったが、チェイスは憤然《ふんぜん》たる表情だ。

「俺たちだって、そんな腹一杯食ってるわけじゃないってのに！　俺は、誰かに恵んでやれる食べ物なんか、一欠片《ひとかけら》だって持ってませんからね！」

「……張り合うなよ」

シャリースは思わず苦笑した。

「ライルはどうだ？　何か不審なことは？」

「ガキにパンをやっちまったこと以外」

それが大きな罪だと言わんばかりに、チェイスはそこで一拍置いた。

「――別におかしなことはないっすよ」

シャリースはうなずいた。

「ゼーリックたちが来るまで、ここで待つことになるからな」

シャリースは、呑気に笑っているライルをちらりと見やった。

「……それまで、周りをしっかり見ててくれ」

「もちろん見てますよ」

チェイスは力強くうなずいた。

「あいつら野放しにしてたら、そのうち、食べ物盗みに来るに決まってますからね！」

目的の焦点がずれていることに、本人は気付いていないようだったが、シャリースは放っておいた。とにかく注意さえしていれば、異変にもすぐに対応できるはずだ。

チェイスを残して、シャリースは再び、道を見張れる場所へと戻った。


彼らはその場所で、丸二日間を過ごした。

その間、村に出入りしたのは、そこに住む住民だけだ。顔触れを変えて、傭兵たちが何度か偵察に行ったが、エンレイズ人もガルヴォ人も、ここには近付いていないようだった。ダーゼ伯爵はともかく、ゼーリックの姿も見えないことで、待機中のバンダル・アード＝ケナードにも次第に動揺《どうよう》が広がり始めた。そして正規軍の兵士たちへも、不安が伝染している。孤立無援のままただ待っているだけのこの状況では、楽天的になれと言う方が無理だろう。

「ゼーリックが連れて行った中に、裏切り者がいたんだろうか」

ノールは別働隊の身を案じて、暗い表情だ。

「ガルヴォ軍に密告されて、殺されちまったのかな」

バンダル一の巨漢は、その優しい気質から、心配性になりがちである。シャリースは、隣に座る男の膝を叩いた。

「そんなことして、ガルヴォの奴らに何の得がある？　バンダル丸ごと一つならともかく、ほんの数人、わざわざ手間かけてまで殺しにはこねえだろう」

「――ガルヴォの奴らと、鉢合わせしちまったのかもなあ」

ノールの隣にいたダルウィンがそう呟いて、シャリースの慰《なぐさ》めの言葉を台無しにする。シャリースは横目で幼馴染を睨んだが、ダルウィンは、彼を見もしなかった。じっと、村を見下ろしている。

気の利いた答えを考えあぐねて、シャリースも黙り込んだ。

もし運悪く、ゼーリックたちがガルヴァ軍と接触してしまったのだとしたら、彼らが生きていることは、期待しない方がいいだろう。傭兵は、大抵の場合すぐに殺される。捕虜に取ったところで、何の役にも立たないからだ。正規軍は、配下の傭兵を、交渉の駒とは見做《みな》さない。ただ見殺しにするだけだ。

「ゼーリックなら、そんなへまはしないと信じたいがな」

シャリースは溜息をついた。

「あいつは、俺たちの誰よりも経験を積んだ兵士だ。敵がどこにいるかくらい、匂いで判るだろう」

だが、ならば彼は今どこで何をしているのかとなると、シャリースには知りようもない。

空が薄紅色に染まり始めていた。そろそろ日が暮れようとしている。

意を決して、シャリースは立ち上がった。

「ちょっと、キーレンに会って来る」

ダルウィンとノールから返って来たのは、はっきりしない唸《うな》り声だけだった。二人とも座ったまま、道を見張り続けている。

正規軍の兵士たちに囲まれて、キーレンも、手持ち無沙汰《ぶさた》な様子だった。近付いてくる傭兵隊長の姿を認め、ネルが、にっこりと笑って迎えてくれる。その後ろには、マドゥ＝アリとエルディルが忠実に控えている。エルディルが勢いよく尻尾を振り、シャリースはその頭を撫《な》でてやった。

ワインはどうだというネルの礼儀正しい申し出を断って、シャリースは、雇い主の横に腰を下ろした。

「そろそろ、真面目に話し合わねばならないときがきたようだ」

キーレンは、この言葉に目を見開いた。唇を引き結び、ごくりと唾《つば》を飲み込む。

「何だ」

不安げな顔は、キーレンばかりではない。召使いの少年も、ただならぬ様子に両手を握り合わせて立ち尽くす。そして、周囲の正規軍兵士たちも、上官と傭兵隊長の方を、ちらちらと盗み見ていた。

シャリースは声を落とした。

「このまま待つか、それとも諦《あきら》めて進むか、決めなきゃならん。ダーゼ伯爵は、もう死んでいると見て間違いないだろう。バンダル・ルアインがいてくれりゃ心強いが、奴らが来るかどうかは判らない。いつまでも、ここでぼんやり待ってるわけにはいかないぜ。じきに、食料だって尽きちまう」

進み始めれば、行く先々で、モウダー人から食べ物を買うことはできる。だが留まれば、彼らは飢えるしかない。狩をするにも、野草を摘むにも限度があるのだ。飢えた兵士は、頑固なロバのように扱いにくくなる。脱走者が出るのも時間の問題だ。

そしてもう一つ、別の問題もある。昼過ぎに村へ行った傭兵の一人が、北方からの最新情報を持ち帰ったのだ。その報告によると、北方のエンレイズ軍は、どうやら形勢不利に陥《おちい》っているらしい。ガルヴォ軍が国境付近で攻撃の手を強め、エンレイズ軍は、防戦に手一杯の様子だという。

つまり、自分たちへの援軍は、全く期待できないということだ。

「決めるのはあんただ」

シャリースは言った。

「明日の朝、ここを発つか、或《あ》るいはもう一日、バンダル・ルアインの加勢が来るのを待つか、どっちにする？」

キーレンは真っ直ぐに、シャリースの目を見返した。その目には不安が揺れていたが、彼は、少なくとも自分で考えようとしていた。

「……進もう」

やがて、結論が搾《しぼ》り出される。窺《うかが》うような視線を向けられ、シャリースはうなずいた。

「判った、明日の朝、ここを発つ」

立ち上がり、シャリースは、興味津々《しんしん》で自分たちを見ている正規軍の兵士たちを見回した。

「連中には、あんたから伝えてくれ。あんたが司令官だからな」

「ああ……」

自信なさげにうなずいたキーレンへにやりと笑い掛け、シャリースは、マドゥ＝アリの方へ向き直った。マドゥ＝アリは、座ったまま動かなかった。ただ、緑色の瞳が、真っ直ぐに彼を見上げている。

「疲れたか？」

シャリースの問いに、マドゥ＝アリはかぶりを振った。

「俺は何もしていない」

「おまえが退屈《たいくつ》しているくらいが、平和でいいんだが」

シャリースは苦笑した。

「誰かと交代したいか？」

マドゥ＝アリは、もう一度かぶりを振る。もっとも、彼が仕事を投げ出したがるとは、シャリースも考えていなかった。この刺青《いれずみ》の男は、誰よりも我慢強い。たとえどんなに過酷な任務であろうと、彼は黙って、それをこなすだろう。

「おまえに負担を押し付けてることは判ってるが、実際、おまえが一番、役に立つからな」

シャリースは手を伸ばして、マドゥ＝アリの肩を優しく摑んだ。

「キーレンに張り付いててくれ、頼んだぞ」

マドゥ＝アリは黙ってうなずき、シャリースはその場から立ち去った。


翌早朝、シャリースは、歩哨に立っていた部下の一人に叩き起こされた。

空はまだ暗い。西に傾いた月は、まだ美しい輝きを放っている。

だが、地上の現実には、美しさの欠片もなかった。彼が事態を把握している間に、部下たちも次々に、異変に気付いて起き出してくる。図太く夢にしがみついていた何人かも、仲間たちの手によって乱暴に揺り起こされた。側に眠っていた正規軍の兵士たちも、この気配に目を覚まし始める。小さなざわめきが、彼らの間から漏《も》れ始める。

「手の空《あ》いてる者は、全員、正規軍の奴らのところに行け」

シャリースが部下たちへ最初に出した命令は、それだった。

「剣で脅《おど》してでも、奴らを黙らせておくんだ。万が一、喚《わめ》き出すような馬鹿がいたら、その場で殺すと、そう言え」

傭兵たちは、沈黙したまま正規軍兵士の間へ散って行き、間もなく、丘は静まり返った。その代わりに、緊張と恐怖とが、その場を支配する。

シャリースは彼らを掻き分けるようにして、雇い主の元へ急いだ。キーレンは、ちょうど地面から上体を起こしたばかりだった。寝惚《ねぼ》け顔で、まだ、何が起こったのか全く判っていない様子である。

エルディルは真っ直ぐ立ち上がって、シャリースを迎えた。彼の姿に喜んでいるのではない。周囲で何が起こっているのかを、彼女は誰よりも正確に把握しているのだ。マドゥ＝アリも、いつでも剣を抜ける格好で、その場に立っている。

キーレンの傍《かたわ》らでは、ネルが、怯《おび》えた顔で座り込んでいた。縋《すが》りつく物を求めているかのように、しきりと毛布を手繰《たぐ》り寄せている。

「……何があったんですか?」

囁くように、ネルは、厳しい表情の傭兵隊長へ尋ねた。少年の不安を和らげる言葉を、シャリースは持たなかった。

「敵に囲まれてる」

雇い主を真っ直ぐに見下ろして、シャリースは告げた。

「いつの間にか、俺たちを取り囲んでいやがった。夜のうちに、こそこそ近付いてきたんだ」

しばしの間、キーレンは口をきかなかった。深い困惑が、彼の口を塞《ふさ》ぎ、その身体を麻痺《まひ》させているようだ。

やがて、キーレンはゆっくりと目をしばたたいた。

「……しかし、ここにいることは、敵には知られていないはずでは……」

ようやく目が覚めたかのように言う。

「だが、現に知られている」

苦々しく、シャリースは応じた。誰かが、ガルヴォ軍に自分たちの居場所を密告したのだとしか思えない。もしかしたらそれは、彼らの存在に気付いた村人の誰かかもしれない。うろついていた、物乞いの子供かもしれない。或いは、かねてより探している敵の間諜《かんちょう》が、彼らの中にまだ潜んでいるのかもしれない。

しかし今は、それを追及している暇はないのだ。一刻も早く、ここから脱出しなければならない。

「ガルヴォ軍は、村からこの丘に登る道と、反対側に下る斜面を塞いでる」

早口に、シャリースは雇い主へ説明した。

「道の方には百ばかり、斜面の方は、二百近い兵士がいる。まともにぶつかるのはまずい」

キーレンは愕然《がくぜん》とした顔で、シャリースを見つめた。

「……どうすれば……？」

「沼を抜ける」

シャリースは顎で、丘の向こうを指した。キーレンはなかなか言葉が出てこない様子で、口をぱくぱく動かした。

「……沼？」

「あっちに沼があるのは、あんたも知ってるだろう。あそこには、どうやら敵はいないらしい。奴ら、足元が明るくなるのを待って、俺たちを一気に挟み撃ちにする気だろう。多分まだ、俺たちがそれに気付いたことは、向こうには知られていないはずだ。今のうちに、とっととこの場から抜け出さねえと」

シャリースは、キーレンがここまで運んできていた衣装箱へ、ちらりと視線を投げた。

「荷物は諦めてもらうしかない。馬もだ。それに、ひどい臭いになりそうだが、まあ、臭いなんか、そのうち取れる」

「沼だと？」

キーレンはまだ、平静さを取り戻せていない様子だった。

「溺《おぼ》れる者が出る！」

「浮き袋を作ってやるよ、泳げない奴のためにはな」

それでも、死者は出るだろうと、シャリースは苦々しく考えた。そもそも全員が沼を渡り切る前に、敵に気付かれないとは限らない。溺れ死ぬ者も出れば、逃げ遅れる者も出るだろう。しかし、ここで敵と戦えば、全員が死ぬことになる。それを考えれば、選択の余地はないのだ。

「……道の方にいる敵は、百人程度なのだろう？」

ぐずぐずと、キーレンは言い募《つの》る。

「我々の方が人数は多い。そこを突破しよう」

シャリースは呆れて、雇い主を見やった。

「無茶言うなよ。反対側に、二百人いるって言ったのを、忘れたのか？　下手に襲い掛かって騒ぎになったら、すぐに後ろの奴らが飛んでくるに決まってる。そうなったら、敵の思惑通り、挟み撃ちだ。俺たちを皆殺しにするのなんざ、簡単だろうぜ。この辺りの鳥たちが、さぞ喜ぶだろうよ。こんなに大量の屍肉《しにく》が一気に出ることなんて、滅多にないだろうからな。馬鹿なこと言ってないで、とっとと逃げるんだよ」

だが彼の言葉は、雇い主の神経を逆撫でしてしまった。キーレンは、一気に目覚めたような顔になった。

た。ついで、その目に怒りが宿る。剣を引き寄せた彼は、その柄《つか》を握り締めた。

「逃げる？　敵を前にして、おめおめ逃げ出すだと？　あんな沼で溺れて死ぬより、敵と切り結んで果てた方がましだ！」

抑えてはいたが、その声は、周囲にいた兵士たちにも聞こえていた。数人が息を呑んだのが、シャリースにも判った。正規軍を制圧するのに成功した傭兵たちが、ゆっくりりと、隊長の元へ集まってくる。

シャリースは、下目使いに雇い主を見下ろした。

「――ああ、そうかい」

その声は静かで、ぞっとするほど冷たい。

「それなら、契約はここで打ち切りだ。あんたはこのこと敵の前に出て行って、存分に切り刻んでもらうといい。俺たちは生きてエンレイズに戻って、あんたの奥さんに、あんたの惨《みじ》めな最期を伝えてやる。それから、念入りに慰めてやるよ。あんたがこれまで彼女に何をしてやったかは知らねえが、そんなこと全部忘れるくらい、嫌というほど可愛がってやるぜ」

「な……」

キーレンは、喉《のど》を詰まらせたように絶句した。暗い中でも顔色が変わったことの判る雇い主を見ながら、シャリースは歯を剝《む》き出して笑う。

「未亡人てのは、実際、そそるよな。美人なら申し分ないが、たとえそうでなくても、俺は構わねえぜ。何たってここんところずっと、野郎の顔しか拝んでないからな」

「――そうでなくとも、隊長は後家《ごけ》さん殺しだしな」

一人の傭兵がぼそりと呟き、仲間たちがくすくす笑い出す。シャリースは、部下の陰口を鼻であしらった。

「もちろん、あんたの可愛い娘だって、放っておいたりはしないぜ。まだ子供だろうが、知ったことか。お望みなら、あんたの母親も、いるのなら姉や妹でも、全部まとめて相手してやる」

キーレンは、呼吸できなくなったかのように、凍りついている。目をぎょろぎょろさせているが、声を出すことも出来ない。

「母親の方は、自分でやってくださいよ」

後ろから小声で野次が飛ぶ。

「言い出したのは、隊長なんだから」

シャリースは肩越しに、そちらを振り返った。人の悪い笑みを浮かべてみせる。

「馬鹿言うな、くじ引きだ。誰が好き好んで、ばばあの相手なんかしたいもんか」

「――何ということを……！」

ようやく言葉を搾り出したキーレンの胸倉をシャリースの右手が乱暴に摑んだ。腕一本で強引に引き起こし、間近に睨み据《す》える。

「それが嫌なら」

唸るように、彼は言い渡した。

「下らん戯言《たわごと》並べ立ててないで、とっととその重いケツを上げろ。もう一人たりとも、俺の部下を、あんたの馬鹿な振る舞いのために死なせたりはしねえからな」

「……！」

シャリースが手を放すと、キーレンはその場にどさりと尻餅をついた。呪縛が解けたかのようにネルが飛び上がり、それに驚いて、エルディルが飛び退《すさ》る。

キーレンは、のろのろ立ち上がった。半ば放心したような目で、傭兵隊長を見上げる。喘《あえ》ぐような声が、その喉から漏れた。

「……判った……」

「――あの、隊長！」

突然後ろから声が上がり、シャリースは振り返った。ライルだ。

「何だ」

「沼なんかより、いい抜け道を知ってます！」

兵士たちの間から小さなざわめきが漏れた。闇を透かすようにして、シャリースは若い兵士を見やった。所属不明、傭兵であるのかどうかすら判らず、ガルヴォに通じているのではないかと思われた男の真意は、しかし、咄嗟《とっさ》には読み取れない。

「抜け道?」

探るようなシャリースの問いに、ライルは前へ進み出てきた。

「この辺りには、俺、詳しいんです。あそこなら、全員が逃げられます。敵の目も誤魔化せます。あっちです」

彼が指したのは、沼とは反対の方角だった。敵の集結している道の、少しばかり西側だ。丈の高い草が生い茂り、地形すらよく判らない。

「……」

ライルの言葉を信用していいものか、シャリースは迷った。もし彼が裏切り者ならば、彼らは簡単に、敵の手に落ちることになるだろう。だが、今ここで、ライルがそんな提案をしてきたということは、彼が真実を語っているか――或いは、死ぬつもりなのか、どちらかしかなかった。そしてライルは、死に臨もうとしているようには、到底見えない。

シャリースは腹を決めた。どうせ、今から沼に向かったところで、全員が生き残れる可能性は無いに等しい。ならば、ライルに賭けてみる方が、被害は少ないかもしれない。

「判ってるだろうが」

シャリースは、声を低めて言い渡した。

「俺たちは今、追い詰められてる。そしておまえは、まだ俺の部下じゃない。もしおまえが、俺たちを裏切ろうなんて馬鹿な了見《りょうけん》を起こしたと判ったら、俺がこの手で、おまえの心臓摑み出してやる。いいな?」

「はい」

真面目に、ライルはうなずいた。この男がこんなにも真面目な声を出したのを、シャリースは初めて聞いた。

彼は振り返り、部下たちに指示を出した。

「全員、今摑める物だけ持て。それから、急いで油を集めろ。馬は、すぐ放せるようにしておけ。ライル、正規軍の連中から連れて行け」

そして、彼は手近にいた部下の一人を呼んだ。

「おまえは、ライルの側に張り付いていろ。奴が俺たちを売るような真似をしたら、殺せ」

「——判りました」

正規軍の兵士たちが、ライルに導かれて静かに動き出す。シャリースは、もたつくキーレンの肩をどやしつけ、そして、マドゥ＝アリに視線を転じた。

「……仕事は、判ってるな?」

マドゥ＝アリはうなずいた。宝石のように美しい緑色の瞳が、月の最後の光を受けて光った。

太陽の最初の光が差し込むとき、それが、突撃の合図となるはずだった。


ガルヴァ軍兵士たちは、夜露《よつゆ》に濡れる草の間に身を潜めながら、じっとその瞬間を待っていた。多くの者は、地面に顔を伏せ、丘の上にいるはずのエンレイズ軍から見えぬよう、頭を低くしている。臙脂《えんじ》色《いろ》の軍服が冷たく濡れるに任せたまま、彼らはただじっと、その時を待った。待機は退屈だったが、彼らはそれに耐えた。ようやく、彼らを翻弄《ほんろう》し続けてきたエンレイズ人たちに、一矢《いっし》報いることが出来るのだ。

地面に張り付いていても、空が徐々に明るくなっているのが判った。

彼らは武器を握り締めた。いよいよその時が近付いていている。

その時、風下にいた者たちは、何かが燃える微かな音に気付いた。

油の臭いが、空気の流れと共に漂ってくる。先頭にいた兵士たちは顔を上げた。エンレイズ人が目を覚まし、朝食の支度でも始めたのかもしれない。

だがそちらを窺って、ガルヴォ兵は驚愕した。エンレイズ人たちが眠っていたはずの野営地《やえいち》に、巨大な火柱が立っている。火事だ。

しかしそれは、エンレイズ軍を叩き潰《つぶ》す絶好の機会でもあった。号令に導かれ、ガルヴォ兵たちは立ち上がった。一気に丘を駆け上り、煙に巻かれるエンレイズ軍に襲い掛かる。

煙の向こうから馬蹄《ばてい》の響きを聞いたときには、既に遅かった。

二人のガルヴォ兵が、蹄鉄に頭を割られて倒れ、慌てて転んだ者は腹を踏まれた。二頭の馬がガルヴォ軍の中へ躍り込み、恐怖に駆られたまま走り抜ける。ガルヴォ人たちは呆然としたが、馬が去った後には気力を奮い立たせた。怪我人を運び、再び敵へと迫る。

そしてしばしの後、彼らは、静まり返った野営地を見渡しながら、ただ立ち尽くした。黒煙を上げる炎が何箇所にも焚かれ、野営地を覆い隠している。仲間の姿すら、はっきり見ることは出来ない。

咳き込みながら、彼らは必死に敵の姿を探し始めた。

そこは、忘れ去られた廃坑《はいこう》だった。

入り口は狭く、伸び放題の草に幾重にも隠されていたが、しばらく進むと、人が五、六人、並んで歩ける広さになった。敵の手を逃れたエンレイズ軍の兵士たちが続々とそこへ詰め込まれ、その後を、黒衣の傭兵が追う。

最後にこの坑道に入ったシャリースは、ダルウィンと共に、念入りに入り口を隠しながら耳を澄ませた。炎の爆《は》ぜるぱちぱちという音、ガルヴォ語の低いざわめきの中に、馬の嘶《いなな》きが微かに聞こえる。

恐らくガルヴォ軍は、今頃困惑していることだろう。寝込みを襲おうとしていたエンレイズ軍が、全員消えていることに気付くには、まだ少し時間がありそうだ。その間に、少しでも距離を稼いでおきたいと、シャリースは考えていた。

だが、この坑道がどこに繋《つな》がっているものか、彼には見当もつかない。

「誰かが灯りを点けた」

ダルウィンが囁く。シャリースは坑道を覗き込んだ。奥の方で、赤いものがちらついているのが見える。

二人は手探りで、その灯りを目指した。足元は下り坂で、しっかりと踏み固められている。所々に頑丈な木の柱が立てられ、不安定な天井を支えていた。

松明《たいまつ》を持って彼らを待っていたのは、ライルだった。彼の後ろに、兵士たちが、不安げな表情で居並んでいる。どこから空気が流れ込んでいるのか、松明の炎は微かに揺らめいていた。道は大分広くなっていたが、それでも、大勢の人間が詰め込まれて、ひどく手狭だ。

「早く、こっちへ」

ライルが鋭く囁いた。

「もうちょっと奥に行きましょう。この辺りでぐずぐずしてると、奴らに物音を聞かれちまうかも」

兵士たちは息を殺して移動し始めた。灯りは、先頭を行くライルが持つ松明一本だけだ。それを頼りに、互いの身体や壁に触れながら進むしかない。下に向かって傾斜していた坑道は、間もなく平らになったが、どこまでも暗く続いている。

しばらく進むと、前方に、小さな灯りが見えた。誰かが、そこにいるのだ。ライルのすぐ後ろを歩きながら、シャリースは、剣の柄を握り締めた。もし、彼らを待っていたのが敵の兵士だったら、まず最初に死ぬのはライルのはずだった。

しかしライルは、躊躇《ためら》いもせずに歩き続ける。シャリースは、灯りの周囲に、人がいるのを見た。燃えているのは、一本の蠟燭《ろうそく》だ。そして、十人ばかりが、それを取り囲むように座っている。

彼らはどれも、兵士ではなかった。子供だ。薄暗くてよくは見えなかったが、恐らく、以前姿を見せていた物乞いの子供たちだろうと、シャリースは思った。

昔、坑夫たちの休憩場所か、作業場にでも使われていたものだろう、そこだけ、かなり広い空間が広がっている。子供たちは、突然の闖入者《ちんにゅうしゃ》に怯えている様子だったが、ライルが手振りで壁際に行くよう指示すると、大人しく立ち上がった。

「もうしばらく行くと外に出られるんですが」

ひそひそと、ライルがシャリースに言う。

「ガルヴォの奴らがうろついてたら、鉢合わせするかもしれません」

シャリースはうなずいた。

「判った、待とう」

兵士たちは、その地下の広場と、そこに繋がる坑道で動きを止めた。すべての指示は囁き声で下され、傭兵は元より、正規軍兵士たちも、ただ黙ってそれに従った。キーレンも、一言も発していない。

彼らは座って、時が流れていくのを待った。

ライルの周囲には、子供たちが集まっている。一番年下の子供は、まだ五歳になっていないように見えたが、まるでライルが父親であるかのように、その胸にもたれかかっている。

「前はね」

土の壁にもたれかかりながら、ライルは、小さな声で説明した。

「ここで、銀だか銅だかを掘ってたらしいんですよ。でも、本当に昔の話で、今では、ここは地図にも載ってないんです」

怖気《おぞけ》をふるっているような顔で、ダルウィンは、低い天井を見上げる。

「……こういう狭いところは苦手なんだよ」

「ええ？　こんなにわくわくする場所は滅多にないのに！」

チェイスが、何を馬鹿なと言わんばかりに反論する。

「静かにしろ」

シャリースは低い声で叱咤《しった》した。

「外に聞こえたらどうする」

慌てたように、チェイスが手で、自分の口を塞ぐ。再び静まり返った廃坑の中で、彼らは時を過ごした。廃坑の入り口出口には見張りを配置したが、どちらからも、まだ何も言ってこない。

真っ先に居眠りを始めたのはエルディルだ。間もなく、数人がそれに続き、チェイスも舟を漕《こ》ぎ始める。薄暗い穴の中、黙りこくってただ座っているときに、他にするべきことなど無いのも確かだ。それに彼らは全員、夜明け前に叩き起こされている。穴蔵《あなぐら》に恐怖を訴える者も何人かいたが、ライルが、外に通じている空気穴の位置を教えてやると、落ち着きを取り戻した。

「……ところでな、ライル」

半分目を閉じながら、シャリースは静かに口を開いた。

「はい？」

「おまえ、一体何者だ？」

「……」

ライルは口ごもった。子供が二人、その膝に抱きつくようにして眠っている。シャリースはちらりと、その様子を横目で見やった。

「傭兵じゃねえんだろ？　その格好は、傭兵っていうより、哀れな子供をだしに他人の同情を引いて、金をせびり取ろうとしている乞食《こじき》みたいだぜ」

俯《うつむ》いたまま、ライルは唇の端で笑った。

「……そういうことでは、もう、全員が満足には食えなくなったんですよ。世知辛《せちがら》い世の中になっちまって」

あっけらかんとした物言いに、シャリースは思わず微笑《びしょう》した。

「モウダー人か？」

「はい」

「何で、エンレイズの傭兵なんかになりすまそうとしたんだ?」

「傭兵になれば、手っ取り早く大金が稼げると思って」

ライルは肩をすくめた。

「こいつらを食わしてやらなきゃ」

「いなくなってたあの夜も、こいつらのところにいたのか」

ライルは、膝にいる子供の髪を撫でた。

「子供だけでは、不安になる夜もあるんですよ」

シャリースは子供たちを見渡した。眠っている子供もいれば、起きて、じっと自分たちのやり取りを見ている子供もいる。

「こいつらは、孤児か?」

「そうです」

「おまえも?」

ライルはうなずいた。

「家族の顔は知りません。物心付いたときから、仲間同士でつるんで、この近辺で暮らしてます」

言葉を切り、そして彼は、淡々と付け加えた。

「ジャルドゥの町にいる方が上がりはいいんですが、あそこには、その上がりを横取りしようって輩《やから》も大勢いますから」

ありそうな話だと、シャリースも首肯《しゅこう》した。モウダーの首都ジャルドゥは、ありとあらゆる階級や職業の人間たちが住む、大きな町だ。乞食ですら、組織を作り、縄張りを争っている。子供だけで生き延びるのは、恐らく難しいだろう。

シャリースは顎で、ライルの胸を指した。

「……その軍服はどうした?」

「死体から剝《は》ぎました」

ライルの返事は、いともあっさりとしていた。

「死体漁《あさ》りは、簡単で、金になりますからね。武器とか水筒とか雑嚢《ざつのう》とか、みんな、落ちてたのを拾ったんですよ。大部分は売っちまいますが、残っているものもあります」

「その傭兵の軍服も、そのうちの一つって訳か」

　シャリースはにやりと笑った。

「軍服さえ着てれば、傭兵になれるものなのか？」

　黙って聞いていたダルウィンが、その問いに、馬鹿にしたように鼻を鳴らした。

「現に、俺たちは上手く誤魔化されてたじゃねえか」

　シャリースは苦笑した。ダルウィンの言うとおりだ。少なくとも最初は誰も、彼が、傭兵でないなどとは、考えもしなかったのだ。

　シャリースは首を捻《ね》じ曲げてライルを見やった。

「だが、おまえはまだ、戦場で敵と殺し合ったことはないだろう。あれは、町で強盗を働いて、誰かを刺し殺すのとは訳が違うぜ——おまえが、そんなことをしたことがあるかどうかはともかくな。おまえ程度の腕前じゃ、戦場では通用しない。きっとすぐに殺されちまう。それでも、傭兵になりたいのか？」

　ライルの頰《ほお》に、自嘲《じちょう》するような笑みが浮かぶ。

「強盗も考えましたけどね、金持ちは大抵、武装した用心棒を雇ってますから、俺一人じゃどうにもならないんですよ。だからって、地道に徒弟《とてい》奉公なんかしてる余裕はないですからね。俺たちには、今、金がいるんです。浮浪児上がりの男にも、他と分け隔てなく高い給金を払うのは、傭兵隊だけです」

「……そうだろうな」

　まるで昔の自分を見ているようだと、シャリースは考えた。もっとも、傭兵になるきっかけなど、皆同じようなものかもしれない。多くの者が、飢えて死ぬか、或いは剣を取って戦うか、二者択一を迫られた結果、ここにいるのだ。

　シャリースは、子供たちを指した。

「それで、こいつらは、ずっとおまえの後をくっついて歩いてたのか？」

「そうです」

　あっさりと、ライルは認める。

「食べ物を渡してやってました」

「——自分の分をやるのはおまえの勝手だが、生憎《あいにく》、俺は慈善家じゃない」

シャリースははっきりと告げた。

「ガキどもの食料は配給しねえぞ」

「そこまで虫のいいことは考えてませんよ」

「それに今のところは、おまえを雇ったわけでもない」

「判ってます」

ライルの返事は、平静だった。恐らく彼は、期待が実を結ばないことに慣れているのだ。たとえ傭兵になれなくとも、すぐさま別の手を考えて、逞しく、金を稼ごうとするのだろう。

「隊長」

小さな声で呼ばれて、シャリースはそちらに顔を向けた。松明を携《たずさ》えた傭兵の一人が近付いてくる。彼は、この坑道の入り口で見張りをしていたはずだ。

「敵が退却して行きます」

この報告に、シャリースは背筋を伸ばした。

「どっちに行った？」

相手は投げやりに肩をすくめる。

「よくは判らないんですけどね。何しろ、頭出して覗くわけにいかないんで。今頃、この真上辺りにいるかもしれません」

シャリースは思わず、天井を見上げた。自分たちが今、地表からどれくらい深い位置にいるのかは判らないが、少なくとも、足音などは聞こえない。だが、不気味さは消えなかった。沈黙が落ちる。

「……もしかしたら、頭の上に、天井が落ちて来るかも知れねえな」

シャリースの呟きに、ダルウィンが、絶望的な呻《うめ》き声を漏らした。

「……やめろよ、そういうこと言って、人を脅かすのは」

今にも殺されそうな顔で抗議する。

だがその瞬間ばかりは、シャリースも、彼を笑う気にはなれなかった。

6

どれだけの間坑道に隠れていたのかは、彼ら自身にもよく判らない。

　ガルヴォ兵が十分遠ざかったと確信できるまで、彼らは息をひそめて待ち続けた。それから斥候《せっこう》を出し、見渡す限り、敵はもちろん、現地の住民一人いないのを確かめ、それから這《は》い出てきたのだ。

　長い坑道を延々歩いて、エンレイズ軍は、ようやく太陽の下に顔を出した。

　シャリースは目を眇《すが》めて空を見上げた。太陽の光が、ことさら目に沁《し》みる。その位置から察するに、この廃坑《はいこう》に逃げ込んでから、丸一日は経過しているらしい。もしかしたら二日、或《ある》いは三日が過ぎたかもしれなかったが、ともかく、今が午前の早い時間であるのは確かだ。

　彼らがそれまでいた丘は、北の方角に見えていた。坑道は、丘の地下を、南北に貫いていたらしい。彼らが出てきた場所も、深い草に覆《おお》われており、少しばかり離れると、そこに穴が空《あ》いているなどとは想像もつかない。もし立場が逆で、自分が敵を狩る側だったとしても、シャリースは、この廃坑を見つけられたかどうか自信がなかった。

兵士たちは皆、外に出られたことを喜んでいた。思い切り手足を伸ばし、太陽の光を浴びている。特に、地下独特の圧迫感に窒息《ちっそく》しそうになっていたダルウィンは、心の底から安堵《あんど》したような顔をしている。広い場所に出られたことを嬉しがって、エルディルは早速、どこかへ走って行ってしまった。

子供たちも、兵士たちと一緒に、外に出てきていた。

彼らは、ライルの周りにしっかりと固まっている。兵士たちにとって、物乞いの子供たちなど、ガルヴォ軍の脅威《きょうい》に比べれば何ほどのものでもない。だが子供たちにとっては、軍服を纏《まと》い、武器を持った男たちは、恐怖の対象である。唯一自分たちを守ってくれるはずの年嵩《としかさ》の仲間から、決して離れようとしない。

シャリースも、子供たちがついて来ていることについては黙認していた。ここは彼らの縄張りだ。そして、彼らは実に静かだった。怯《おび》えているのか、腹が減っているのか、それとも、沈黙を守るよう躾《しつ》けられているのか、それは判然としない。ともかく、坑道の中では、子供たちは殆《ほとん》ど喋《しゃべ》ろうとしなかったのだ。

だが、外の空気を胸一杯に吸い込み、辺りをゆっくりと見回した後、幼い少女が初めて口を開いた。

「あの男、今日はいないね」

シャリースはそれを聞き咎《とが》めた。

「あの男って?」

少女は背の高い傭兵《ようへい》隊長を見上げ、ぽかんと口を開いた。まさか自分に話しかけてくるとは、思いも寄らなかったという顔だ。仲間以外の人間と言葉を交わすことなど、普段はあまりないのかもしれない。

少女を庇《かば》うように、最年長と思われる少年が、二人の間に割って入った。年長といっても、彼自身、せいぜい十歳を幾つか過ぎた程度でしかない。

「ここんところずっと、俺たちの行く先々をうろついてた奴がいるんだ」

用心深い口調で言う。値踏みするような眼差《まなざ》しで、彼は、黒衣の傭兵を観察していた。仲間に害を及ぼそうとしたら、すぐさま噛《か》み付いてやろうという顔だ。

少年の言葉に、ライルが眉《まゆ》を寄せた。

「何かされたのか？」

少年は肩をすくめる。

「別に。向こうは、俺たちに気付いてなかったのかも。でも、ずっといるんだ」

この報告に、シャリースは、顎《あご》に手を当てて考え込んだ。髭《ひげ》がざらつくのが不快だったが、今は仕方がない。廃坑の中では、髭を剃《そ》れるような灯りも、十分な水もなかったのだ。

「おまえたちは、ずっと、俺たちの後をくっついてきてたんだよな？」

「……うん」

今にも叱《しか》られるのではないかと身構えた様子で、少年はうなずく。シャリースは、何事かと覗《のぞ》き込んできたダルウィンへ視線を転じた。

「……つまり、その男は、俺たちの後を付け回してたってことかもしれねえぞ」

ダルウィンが派手に顔をしかめる。

「そいつが、ガルヴォの連中に、俺たちの居場所をばらしてたってことか？」

シャリースは片眉を吊り上げた。

「もしかしたら、ダーゼ伯爵と合流しろなんて手紙を持ってきた男と、同一人物か、或いは、仲間の一人かも知れねえぜ」

そして彼は、少年を見下ろす。

「そいつは、どんな男だった？」

物乞いの少年の顔に、困惑の色が浮かんだ。

「どんなって？」

「そうだな――例えば、そいつは、軍服を着てたか？　俺たちが着てるような黒いのとか、そっちの奴らが着てるような、紺色のとか」

　少年はかぶりを振った。

「普通の格好してる。町にいる人みたいな」

　シャリースとダルウィンは顔を見合わせた。つまりその男は、彼らの間に直接紛《まぎ》れ込んできていたわけではないのだ。だが、情報は、内部から盗まれていた。その男はすこぶる怪しいが、その男一人では、仕事は果たせなかったということになる。つまり、今ここにいるエンレイズ軍の中に裏切り者がいるという可能性は、依然拭《ぬぐ》いきれないということだ。

　シャリースは背を屈《かが》めて、少年の目を覗き込んだ。

「その男を見たら、それと判るか？」

　ライルに促《うなが》されて、少年は渋々うなずいた。

「判ると思う」

「じゃあ、今度そいつがうろついているのを見つけたら、すぐに、俺に教えてくれないか？」

「……」

「もちろん、ただとは言わない」

　少年の疑り深げな眼差しに、シャリースは思わず微笑《びしょう》した。財布を探り、銀貨を一枚取り出す。

「これが報酬の前渡し分だ」

　シャリースの手から、少年は、ひったくるようにして銀貨を受け取った。目を丸くして、白い輝きに見入る。物乞いの生活では、銀貨を目にすることなど滅多にないのだろう。

「これ……一エルギード？」

　刻印を指先でなぞりながら、彼は小さく尋ねた。身体を起こして、シャリースはうなずいた。

「そう、エルギード銀貨だ。それ一枚で、百コペラスの価値がある」

　幾らか身近な銅貨に換算されて、俄《にわ》かに、手にしたものの価値を理解したらしい。少年は銀貨をしっかりと握り締めた。シャリースはにやりと笑った。

「奴を捕まえるのに成功したら、それと同じ物をもう一枚やる。いいな？」

「うん!」

元気よく、少年はうなずいた。シャリースは小さな肩を叩いた。もう、少年は、彼から逃げようとしない。

「よし、失くさないように、ちゃんとしまっておけ」

神妙にその忠告を聞いて、少年は仲間たちの元へ駆け戻った。子供たちが銀貨に群がる。ライルが急いで、はしゃいだ子供が誤って銀貨を失くしてしまわぬよう、監督に走る。

「……大丈夫なのか、あいつら」

ダルウィンが呆れたようにかぶりを振ったが、シャリースは、酔狂で金を与えたわけではなかった。

「その男の顔を知ってるのは、あいつらだけだからな」

歓声を上げる子供たちを見やって、彼は肩をすくめる。

「投資するだけの価値はある」

「……子供の扱いが上手いな」

半ば楽しんでいるように声を掛けてきたのは、メイスレイだった。シャリースはそちらを振り返り、唇《くちびる》の端を上げてみせる。

「別に、子ども扱いする必要はないさ。仕事の内容の交渉をして、前金を渡して、仕事が済んだら後金を渡す。立場が逆なだけで、俺たちがいつもやってることだろう」

メイスレイはうなずいた。

「なるほどな、あんたは子供の扱いだけでなく、人あしらいがうまいというわけだ」

シャリースは鼻を鳴らした。

「生き延びるために、あらゆる手を尽くそうとしてるだけだ。誰だって、そうするだろう? あのガキどもだって」

「……確かにな」

静かにうなずいて、メイスレイは子供たちを見やる。

その目に、微《かす》かな痛みが走るのをシャリースは認めた。だが、その理由を尋ねることは出来なかった。

身を隠すために、彼らはひとまず、南に見えていた森の中へと入った。

斥候を出して周囲の状況を探らせているが、彼らが戻ってくるまでは動けない。彼らは少しだけ開けた草地を見つけ、そこでひとまず行軍を停止した。

正規軍の兵士たちは疲れ果てた様子で、木々の間に座り込んでいる。廃坑の中で過ごした時間は、到底、安らげるものではなかった。そして今もなお、周囲は、安全だとはいえぬ状況だ。

シャリースはこれから歩哨《ほしょう》に立つ部下と、手短に打ち合わせをした。

「まだ敵がそこらにいる可能性もあるからな」

彼は部下たちを見回した。

「こんなところで襲われたくない。頼むから、気を抜いてくれるなよ」

そして、正規軍の兵士たちを指す。

「俺は、あそこでだらけてる奴らに、合図があったらすぐ逃げ出せるよう、脅《おど》し掛けとくからな」

「……なあ、隊長」

傭兵の一人が、声を潜めて尋ねる。

「……ゼーリックたちは、死んでると思うか？」

この一言に、周囲の仲間たちも、神妙な顔つきになった。時が経つにつれ、その可能性が高くなってきていることは否めない。それは、誰もが承知している。

シャリースはかぶりを振った。

「死んだとはっきり判るまで、生きているものとして考える。こっちだって当初の予定通り動いてるわけじゃない。向こうにも、出てこられねえ事情があるかも知れねえからな。奴らが合流してきそうな場所や、伝言を残していそうな場所は、必ず調べる」

そう宣言して、彼はにやりと笑ってみせた。

「そうでないと、後で何言われるか判んねえからな」

　その時、突然、白い狼《おおかみ》ががばと立ち上がった。

　それまで彼女は、母親だと信じている男の足元に蹲《うずくま》り、昼寝を決め込んでいたのだ。狼の動きに、傭兵たちの間に緊張が走った。全員が凍りつき、仲間同士目を見交わす。エルディルは、彼らには聞こえなかった音を聞いたのだ。それはもしかしたら、森の動物が立てる声だったかもしれない。或いは、敵の近付く足音だったかもしれない。

　エルディルの視線の先に目を向けたが、しかし、シャリースには、動くものは見つけられなかった。少なくとも、軍隊が近くにいるわけではないだろうと、彼は推測する。大勢の人間が移動するときには、もっと大きな音がするものだ。だが、敵の斥候が近くにいるという可能性は、大いに考えられる。

　人差し指を唇に当て、部下たちに注意を促して、シャリースはゆっくりと、自分の剣を抜いた。歩哨に立つはずだった傭兵たちも、それに倣《なら》う。エルディルは一緒に行きたいような素振りを見せたが、シャリースは、マドゥ＝アリにそれを抑えさせた。もしそれが、罪もないモウダー人であったならば、狼をけしかけたくはない。そして、もしそれが敵の斥候であったとしたら、生け捕りにして情報を引き出したかった。エルディルは狩の名手だったが、生憎《あいにく》、捕らえた獲物を生かしておくべきなのか、殺してしまって構わないのか、その辺りをよく理解していない。

　シャリースは五人の部下たちと共に、抜き身の剣を提《さ》げたまま静かに森を進んだ。エルディルが、およその方角は示してくれている。だが、視界は利かなかった。彼らは少しずつ、互いの間隔を広げていった。木の陰に身を潜めつつ、足音を忍ばせて前進する。全神経を集中させて、周囲の物音に耳を傾ける。

　そしてシャリースは、前方から近付いてくる足音を聞いた。

恐らく、一人だ。警戒しているふうでもなく、ゆっくりとこちらへやってくる。木の陰に身を潜めて、シャリースは部下の姿を探した。黒い軍服と濃緑色のマントは、彼らの姿を森の中に溶け込ませている。一番近くにいた部下が、自分の剣を指し、それからシャリースの前方を指してみせた。近付いてくる相手は、武装しているらしい。

今、その相手はシャリースの脇を通り抜けようとしていた。頃合を注意深く計って、シャリースは相手の前に躍り出た。人間度肝を抜かれると、咄嗟《とっさ》に手は動けなくなるものだ。そこを押さえられれば、手間は掛からない。

だが相手は、素早く片足を引いた。慣れた動きで滑らかに剣を抜き放ち、シャリースの剣を受け止める。耳障《みみざわ》りな金属音が静寂を切り裂いた。

だが、攻撃はそれまでだった。

「……危ないじゃないか」

苦笑混じりに言われて、シャリースは危うく、剣を取り落としそうになった。

「テレス⁉」

バンダル・ルアインの隊長は、シャリースの剣を弾《はじ》き返した。澄んだ音が、森の中に響く。左の頬《ほお》に大きな傷のある穏やかな顔立ちの男は、シャリースにとっても馴染《なじ》みの深い、濃青色のマントを羽織《はお》っていた。年は四十に近いはずだったが、その動きに、衰えの兆しはない。

シャリースは右手に剣を持ったまま、旧友を手荒く抱擁《ほうよう》した。テレスの左手が、シャリースの肩を叩く。

「相変わらず、悪運強く生き延びているようだな」

シャリースは相手から身体を離し、にやりと笑ってみせた。

「人のことは言えねえだろうよ」

隠れていたバンダル・アード＝ケナードの傭兵たちが、剣をしまいながら姿を現す。武装した傭兵たちに囲まれていたことに気付き、テレスは呆れたように眉を上げた。

「おまえが呼んでいるというからわざわざ来てやったというのに、こんな歓迎を受けるとはな」

シャリースはどんと、テレスの肩を小突いた。

「恩着せがましいこと言うなよ。食い詰めたから来たんだろう」

そして、相手の目を覗き込む。

「——ということは、ゼーリックから話は聞いてるな」

「ああ」

「奴はどこだ？」

「心配しなくても、おまえのところの兵隊は、全員無事だ」

年長者らしく、テレスは、シャリースを安心させるかのようにうなずいた。

「向こうで休憩している。まさか、バンダル・アード＝ケナードが、こんなところに湧いて出てくるなんて、思いも寄らなかったからな」

二人の傭兵隊長がようやく剣を収めた頃、不穏な物音を聞きつけたらしいバンダル・ルアインの傭兵たちが、何事かという顔で走ってきた。

「——ジア・シャリース！」

名前を叫ばれ、シャリースは片手を挙げて応える。バンダル・ルアインの面々とは顔見知りだった。無事な姿を見るのは、お互いに嬉しいものだ。

「よう、皆生きてたか」

久し振りの再会を果たした傭兵たちは、互いににやにや笑い合っている。苦難はまだ幾らでも残っているが、ひとまず、心強い味方を得たのは間違いない。張っていた気が抜けてしまったのだ。

「シャリース」

バンダル・ルアインの傭兵たちの後ろから、ゼーリックがやって来た。彼と行動を共にしていた、他の五人も一緒だ。

「ゼーリック」

シャリースは、年嵩の部下にうなずきかけた。彼らが全員、出発したときのまま揃《そろ》っているということは、その中に、不審な行動を取る者はいなかったことを意味している。

「何事もなかったようだな？」

含みのある問い掛けに、ゼーリックは、同じく含みのあるうなずきを返す。

「ああ、骨は折れたがな。ようやくバンダル・ルアインを見つけたと思ったら、今度はバンダル・アード＝ケナードが見付からないときた。どこに隠れてた、散々探し回ったぞ」

非難の言葉に、シャリースは、悪びれもせず肩をすくめた。

「色々事情があってな」

「ガルヴォの奴らがうろついているのは見た」

静かに、テレスが口を挟む。シャリースは横目で彼を流し見た。

「あんたが今すぐ逃げ出したくなるようなことを教えてやろうか。そいつらは、俺たちを狙っている。振り払っても振り払っても、しつこく付け回して来やがる」

テレスは、皮肉な笑みを口元に浮かべた。

「――ならば、今度は、向こうが逃げ出したくなるようなことを仕掛けてやる番だな」


バンダル・ルアインが合流してきたお陰で、森の野営地《やえいち》の雰囲気は、少しだけ明るくなった。

テレスはシャリースに案内されてキーレンと面会し、極めて事務的に契約を結んだ。期限は、キーレンが本隊と合流し、身の安全を確保するまでだ。

キーレンが座り込んだ木の根の後ろでは、エルディルが、テレスを歓迎して尾を振っている。彼女は以前から、テレスにかわいがってもらっているのだ。マドゥ＝アリが止めていなければ、仕事の話の最中に割り込み、彼にじゃれ付いていただろう。

一方、ネルは、顔に派手な傷跡のある男を、少し

ばかり離れた場所から怖々《こわごわ》と眺めていた。薄暗い森の中では、テレスの顔はことさら凄《すご》みを増して見える。シャリースにはすぐに懐いたこの少年も、この傭兵隊長には畏怖《いふ》の念を抱いたようだ。

「味方が増えてほっとした」

キーレンは、バンダル・ルアインの隊長へ正直に告白した。

「ここのところ、胆《きも》の縮む思いばかりしてきたからな」

「道々、話は聞いたが」

テレスはにこりともせず、キーレンと向き合った。

「ダーゼ伯爵の部隊と合流するつもりだったとか」

シャリースがその傍《かたわ》らで鼻を鳴らす。

「――そう指示してきた手紙は、偽物だというのが今のところの有力説だけどな」

テレスは微かに眉を上げた。

「ならば、それは偽物に違いないと、私が断言してやろう。ダーゼ伯爵は、私の目の前で死んだ。彼の首と胴が離れたのを、この目で確かに見た」

「……ダーゼ伯爵に雇われていたのか」

キーレンの呟《つぶや》きに、テレスはかぶりを振った。

「いや。だが、彼が死んだとき、同じ戦いの輪の中にいた」

そして、自嘲《じちょう》するような笑みを浮かべる。

「我々の雇い主が死んだのはもっと後だ――もっとも、今は、あんたが雇い主な訳だが」

まるで、雇い主の死を見るのが自分たちの宿命だとでも言いたげな口調である。テレスは時折、真面目な顔のまま人をからかい、相手を困惑させることがある。キーレンが複雑な表情を浮かべるのを見て、シャリースはこっそり笑った。

キーレンの前を辞してすぐに、二人の傭兵隊長は、ゼーリックを交えてこっそりと会合の場を持った。

ダルウィンとノールが、その見張りについた。二人はのんびりと座り込み、木漏《こも》れ日《び》の揺らめきを楽しみながら、不用意に近付く者がいないかと目を光らせている。

バンダル・ルアインは、西の国境地帯で、雇い主を失ったのだという。バンダル・ルアインの傭兵も、二人死んだ。そして、もっと多くの正規軍兵士が命を落とした。

「——残りの連中は、まだそこに残っているだろう」

テレスは淡々と語った。

「だが、我々を雇っておく余裕はないようだったからな。我々は仕方なく、新しい仕事を探して歩いていたわけだ」

「俺があんたの部下に聞いた話では、もうちょっと、物騒な成り行きがあったらしいがな」

ゼーリックが小さく笑う。

「後任者に、司令官が死んだ責任をなすり付けられそうになったんで、その場に捨ててきたとか」

「物の見方は色々あるからな」

テレスは微塵《みじん》も動じない。

「だが、誰かに何かを聞いたからといって、私はそれを、いちいち真に受けたりはしないぞ、ゼーリック」

そしてシャリースは、かいつまんで、それまでの経緯を説明した。内部に潜んでいるらしい敵の正体は未だ摑《つか》めず、おまけに、怪しい男が周囲を徘徊《はいかい》している。一体どこに行けば安全なのか、今のところ、誰にも判らない。

倒木の上に腰掛け、形よく整えられた口髭を撫《な》でながら、ゼーリックはこれ見よがしな溜息をついた。

「戻ってくるのは、せめて、うろついている男が摑まってからにすれば良かったな」

シャリースは人の悪い笑みを、年嵩の部下に向けた。

「今更逃げようったって、そうはいかねえぜ」

「……それで」

テレスが穏やかに口を挟む。彼は盛り上がった木の根の上に座り、膝《ひざ》の上で両手を組み合わせていた。

「これからどうする？」

シャリースは肩をすくめた。

「出来れば、俺たちが今陥《おちい》っている窮状《きゅうじょう》を、何とか味方に伝えたいね。多分、俺たちは行方不明扱いされてるんだろう。援軍は望めない」

そして、頬傷のある戦友を流し見る。

「あんたがいい考えを持ってきてくれるんじゃないかって、期待してたんだがな」

テレスがゆっくりと片眉を吊り上げる。無言の非難に、仕方なく、シャリースは片手を振った。

「……冗談だよ」

「――北が、まずい状況になっているのは聞いたか？」

何事もなかったかのように、テレスは言葉を継ぐ。シャリースはうなずいた。

「ああ。国境線が大分、東へずれそうだってな」

「私たちに出来ることは二つある。北の国境に突っ込んでいって、そこにいるエンレイズ軍と合流し、共に戦うか――心中することになるかもしれないが――、それとも南に逃げてやり過ごすかだ」

「あんたたちだけだったら、選択肢はその二つだったろうが」

シャリースは指摘した。

「俺たちと一緒になったからには、それだけじゃ済まねえぜ。あんたにも、付きまとってくるガルヴォ軍を振り切る努力をしてもらわなきゃならない。あいつらは俺たちに的を絞ってる。それは間違いない。しかも、かなり正確な情報を持ってる。内通者を見つけない限り、俺たちは、どこにも辿《たど》り着けないだろう」

言葉を切って、シャリースは、胡坐《あぐら》をかいた自分の膝に頬杖をついた。上目遣《づか》いにテレスを見やる。

「……だが少なくとも、ゼーリックが連れてった奴らと、あんたのバンダルの連中は、信用できるってことだよな」

嫌なことを聞いたと言わんばかりに、ゼーリックが顔をしかめる。

「俺たちをこき使う気だな?」

シャリースは片頰で笑った。

「そう人聞きの悪いことを言うなよ——たとえ、その通りだったとしても、俺は認めたりはしねえからな」

野営地の方角から、怒号が上がった。

密談中の三人は顔を見合わせた。ノールが立ち上がる。

「……あれは、タッドだ」

怒号の主を聞き分けたらしい。シャリースは思わず頭を抱えた。

「またあいつか」

溜息をつき、そして渋々立ち上がる。

「ちょっと見てくる。ノール、来てくれ」

バンダル一の巨漢を従えて、シャリースは騒ぎの中心へと乗り込んだ。テレスとゼーリック、そしてダルウィンも、その後から付いてくる。傭兵たちは彼らに道を開けたが、しかし、彼らが到着したとき、騒ぎは既に収束しつつあった。タッドとその喧嘩《けんか》相手は、それぞれ三人の傭兵に無理矢理地面に組み伏せられ、身動きも取れずに荒い息を吐いている。

シャリースは目を眇めて、タッドの相手を見やった。タッドと同じ、バンダル・フィークスにいた傭兵の一人である。ゼーリックと共にバンダル・ルアインを探しに行き、つい先刻合流したばかりの男だ。

「何があった」

手近な場所にいたアランデイルに、シャリースは尋ねた。金髪の若者は、半ば呆れ、半ば面白がっているような目で、地面に磔《はりつけ》にされた二人を眺めている。その様子からするに、騒ぎをすべて見聞きしていたに違いない。

「そっちの奴が」

と、アランデイルは、向こうを向かされて顔の見えない男を指した。

「自分たちが別行動を取っている間に、こっちが襲われそうになったことを、仲間から聞いたんですよ。そうしたら、突然、タッドに食って掛かり始めましてね。やっぱりおまえが仲間を売ったんだろうって」

　タッドは燃えるような目で、簡潔に事実を語る傍《ぼう》観者《かんしゃ》と、それに聞き入る長身の傭兵隊長とを睨《にら》んでいる。だがアランデイルは、その視線に全く頓着《とんちゃく》しない。

「タッドがそれに反論して、二人は罵《ののし》り合いを始め、それが殴り合いになったところで、仲裁が入ったわけです」

　アランデイルの呑気な解説とは裏腹に、かなり激しい争いが勃発《ぼっぱつ》していたらしい。二人を押さえつけている傭兵たちが、どうにかしてくれという顔でシャリースを見ている。とばっちりを受けたらしく、彼らもあちこちに軽傷を負っているようだ。物見高い正規軍の兵士たちも、周囲に集まり始めた。誰もが、興味津々《しんしん》で、この見世物に見入っている。今ならば、ガルヴァ人たちは簡単に、自分たちを殺せるだろうと、半ば自嘲するようにシャリースは考える。

　腰に手を当てて、彼は二人を見下ろした。

「なあ、仮にも同じバンダルの仲間だったんだろう？　こんな状況だ、せめて、お互い生きて再会できて良かったと、喜ぶ振りくらいしてみせたらどうだ？」

　タッドの相手は、首を捻《ね》じ曲げてシャリースを見た。タッドに負けず劣らず、こちらも怒り狂っているようだ。

「あんたは、こいつが何をやったのか知らないんだ！」

　食いしばった歯の間から、彼は憎々しげにそう吐き捨てた。

「くそっ。こいつのせいで、俺たちは――」

　押さえつけられたままの男に、シャリースは片眉を吊り上げてみせた。

「いや、知ってる。少なくとも、おまえがどう考えているかは聞いている。バンダル・フィークスで、不幸な裏切りがあったってことはな」

「不幸な裏切り？」

相手はその表現を嘲笑《あざわら》った。

「不幸だろうさ。お陰で、バンダル・フィークスの人間は、殆どが死んじまったんだからな」

「それについては、タッドの言い分も聞いた」

シャリースは構わず続けた。

「そうでないと、釣り合いが取れないからな。その結果、両者の言い分は、明らかに食い違ってると判明した。だが、誰が真実を話し、誰が嘘《うそ》をついているのか、俺には知りようがない。そこでだ」

言葉を切り、挑戦するように、彼は、バンダル・フィークスの生き残りを見やった。

「おまえたちが出発してから、昼夜を問わず、ずっとタッドを見張らせてた。タッドが誰と、何を喋ったか、何を食ったか、一人で抜け出したことがあるかどうか、全部判ってる。そうだな？」

彼は周囲を見回した。バンダル・アード＝ケナードの傭兵たちが、揃ってうなずく。実際は、新入り全員が監視の対象だったが、それを敢《あ》えて口にする者はいない。

「今、タッドを監視してたのは誰だ」

「俺だ」

シャリースの問い掛けに答えたのは、当のタッドの右肩を、がっちりと地面に押さえつけている男だった。シャリースは目を眇めた。

「取り込み中悪いが、教えてくれ。タッドは、ガルヴォ軍に俺たちを売ったか？」

監視役は、シャリースではなく、タッドの喧嘩相手に視線を向けた。

「いいや、タッドは俺たちから離れていないし、手紙や伝言を、誰かに託したこともない」

そう断言された瞬間、押さえつけられていた二人の身体から、水袋がしぼむように、力が抜けていくのが判った。シャリースは部下たちに、手振りで、拘束を解くよう合図した。泥と落ち葉まみれの二人が、のろのろと起き上がる。だが、目を合わせようとはしない。

「――そういうことだ」

シャリースは二人を見渡した。

「少なくとも、一番最近の一件に関しては、タッドには何の責任もなかったことが判ってる。ということは、それ以前のことについても、最初から考え直す必要がある。そうだろう？ でないと、今ここには、それぞれ別々に動いている裏切り者が、何人もうようよしてるって理屈《りくつ》になっちまうからな」

タッドを裏切り者と呼んだ男は、目を上げようとしなかった。その姿に少しばかり同情を覚えながら、シャリースは畳み掛ける。

「これ以上がたがた抜かすようなら、俺が相手になるぜ」

「……」

タッドをその場に残して、その喧嘩相手は立ち上がった。後も見ずに歩き出す。怒りのやり場がない、その気分は、周囲の者たちにも伝わった。バンダル・アード＝ケナードの傭兵が二人、さりげなく、その後についていく。彼を監視するために、そして彼が望むのならば、その話を聞くために。

「……恩に着たりはしないぜ」

地面に座り込んだまま、タッドが唸《うな》るように言った。押さえつけられていた箇所が痛むらしく、しきりに左肩を擦《こす》っている。シャリースは鼻を鳴らした。

「恩を売りたかったら、もっと別のことをするさ。夕飯に、肉の塊《かたまり》を差し入れてやるとかな。俺は、必要なことをしただけだ」

言い置いて、彼は騒ぎの現場に背を向けた。

タッドはむくれたように、座り込んだまま動かなかった。

森の中で一晩を過ごし、状況を現実的に検討した結果、彼らはまず、首都ジャルドゥに向かうことにした。

とにかく、食料が足りないのだ。どこに向かうにせよ、人目を避けて移動するとなれば、これから、敵ばかりではなく、飢えとも戦わなければならなくなる。そして飢えた兵士は、間違いなく、戦闘意欲を失うものだ。それを避けるために、まず、ジャルドゥまで南下し、たっぷりと食料を仕入れることにしたのである。ジャルドゥは物資も豊富で、人の出入りも、他の場所とは比べ物にならないくらい多い。よそ者がうろついて大量の食料を買い求めたとしても、何の疑いも招かない。

実際に買い出しに出かけたのは、平服に着替えたバンダル・ルアインの傭兵たちだった。

残りの者は、ジャルドゥ近郊の林の中に隠れ、彼らの帰りを待つことになった。自分たちの中にいるかもしれない裏切り者を、ジャルドゥの町に出すわけにはいかない。それに、様々な意味で禁欲生活を強《し》いられている兵士たちが、町のいたるところに転がっている誘惑に、勝てるとは限らない。

だがライルは、子供たちのために町へ行きたがった。

「こいつらに飯食わしてやりたいんですよ」

木の幹にもたれかかって座るシャリースに、ライルはそう訴える。

「まともに食べられる機会なんか滅多にないんです。お願いしますよ」

ライルの腰にまとわり付いている子供たちが、じっと、シャリースを見つめている。隣に座っていたダルウィンが、面白がっているような目でシャリースを窺《うかが》っている。シャリースは溜息をついた。ライルが敵の間諜《かんちょう》だとは、今は殆ど考えていないが、それでも、野放しにするのは気が進まない。だが、腹を空《す》かせた子供たちを哀れに思っていないわけではない。

「俺が一緒に行くっすよ」

いそいそと立候補したのは、チェイスだった。

「任しといてください！　ちゃんと見てますから！」

チェイスは、恐らく好機を狙っていたのだ。

ジャルドゥには、他では楽しめない食べ物の数々が溢《あふ》れ返っている。チェイスの狙いはそれだ。何とか理由をつけて町へ行き、腹一杯食べて来たいのだ。

あまりにも意図のあからさまなその申し出に、シャリースは苦笑した。馬鹿馬鹿しくて、窘《たしな》める気にもならない。

ダルウィンが鼻で笑った。

「目の前に積まれたハムの山を目にしたら、他の何も、おまえの目に入らなくなるってことくらい、誰でも知ってるぜ」

賛同の声が傭兵たちから上がったが、チェイスは負けなかった。

「大丈夫ですって！」

「そいつらを連れてくのはいいが」

シャリースは子供たちを顎で指した。

「金はあるのか？　ジャルドゥには、うまい物はいくらでも売ってるが、物価は高いぞ」

ライルはチェイスに顔を向けた。

「金、貸してくれねえか？」

チェイスは突然のこの頼みに、たじろいだような顔で言葉を飲み込んだ。その様子に、周囲の傭兵たちが笑い出す。

「……俺も、あんまり無いや」

告白し、そしてチェイスは、やおら雇い主の方へ顔を向けた。キーレンはぎょっとしたような顔になったが、しかし、チェイスの目当ては、他の誰でもなく、その後ろにいたマドゥ＝アリだった。

「マドゥ＝アリ！　おまえ、ライルに金貸してやってくんねえ？」

「そうきたか」

ダルウィンがおかしそうに呟いたのが、シャリースの耳にも入る。

チェイスがライルをそちらへ引っ張っていき、子供たちが、その後にぞろぞろと続く。子供たちの無遠慮な視線に晒《さら》されたキーレンは、居心地が悪くなったか、座っていた場所を少しばかり移動した。

子供たちの半分以上は、しかし、マドゥ＝アリに釘付けである。皆目を丸くして、彼の刺青《いれずみ》や、浅黒い肌を見つめている。

「……こいつらに、食べ物買ってやりたいんだよ」

ライルの言葉に、マドゥ＝アリは躊躇《ちゅうちょ》もせずに財布を開けた。金貨を一枚、無造作に取り出し、ライルの手に渡す。

手の中に光る鈍い金色に、ライルは目を見開いた。

「こんなに⁉」

その肩を、チェイスが小突く。

「おい、借りてんだってこと、忘れんなよ」

まるで自分が貸したかのような偉そうな物言いに、聞いていたシャリースは思わず笑った。ダルウィンは呆れたように髪を掻《か》き上げている。

「……いいのか？」

ライルを顎で指しながら、シャリースは、マドゥ＝アリに問い掛けた。

「あの金は、返ってこないかもしれないぜ」

その言葉に、ライルがしっかりと金貨を握り締める。しかしマドゥ＝アリは、何でもないことのようにうなずいた。実際、彼にとって金貨の一枚など、何ほどのものでもないのだろう。彼は殆ど金を使わない。貯金をしようと思っているわけでもなく、ただ単に、使い道を思いつかないらしい。たまに彼が何かに金を掛けるとすれば、エルディルのために、肉の塊を買ってやるくらいのものだ。

ライルとチェイスはいそいそと平服に着替え、子供たちを引き連れて町へ繰り出していった。林の中は、しばらくの間静寂に包まれた。

夜になる前には、買い出しに行った者たちも戻ってきた。

バンダル・ルアインの傭兵たちは、自分の仕事を忠実にこなし、必要な食料を安く調達してきた。林に戻ると、テレスの指示の元、直ちにそれを分配しに掛かる。彼らは雇い主のための新しい馬も手に入れてきており、キーレンは、心底ほっとした顔になった。

同じ頃に戻ってきたチェイスとライル、そして子供たちは、幸せそうだった。たらふく腹に詰め込んできたのだろう。最も年下の少年は、歩きながらうつらうつらしている。

一人の少女が、用心深い足取りで、マドゥ＝アリに近付いていった。

白い狼が顔を上げ、しきりに鼻を蠢《うごめ》かせた。狼が自分に興味を示したのを目にして、少女は怯《ひる》んだようにに足を止める。だがマドゥ＝アリがエルディィルの鼻面《はなづら》を押さえると、再びおずおずと近付いていった。

「これ、あげる」

小さな紙の包みを、彼女はマドゥ＝アリに差し出した。マドゥ＝アリは受け取ったが、包みを開けようとはしなかった。だが、中から甘い香りが立ち上っているのは判る。エルディィルが物欲しそうに、紙包みを嗅いでいる。

「……いや、あんたの金で買ったんだけどさ――今んところ」

ライルが後ろから言い添えた。

「でも、まあ、何だ、土産《みやげ》くらい買わなくちゃと思って」

「ねえ」

マドゥ＝アリが焼き菓子を受け取ったことで勇気が湧いたか、少女は唐突に、マドゥ＝アリの顔の刺青を指した。

「それ、炭で描いたの？」

周囲の傭兵たちはぎくりとして、マドゥ＝アリと少女を見やった。

それは、バンダル・アード＝ケナードの面々にとって、最も敏感な問題の一つだった。もちろん、マドゥ＝アリは、不躾《ぶしつけ》な質問をした少女を怒鳴《どな》りつ

けたりはしない。それどころか、何を言われようと、表情一つ変えないだろう。だが、バンダル一の腕を持つこの男も、傷付くことはあるのだ。

　たとえ少女に悪気がなくとも、もしそんな事態になったら、シャリースは迷わず間に割って入るつもりだった。既にマドゥ＝アリは、一生分以上の傷を、心に負っている。身構えながら、シャリースはじっと、二人を観察する。

　マドゥ＝アリの緑色の瞳が、静かに少女を見つめ返した。

「違う」

　彼の答えは落ち着いていた。

「これは刺青だ」

　少女は無邪気に首を傾げる。

「刺青って？」

「染料を付けた針で肌を刺して、模様を彫るんだ」

「針を刺したの？　顔に？　何回も？」

　少女の声に、恐怖の色が混じった。マドゥ＝アリは、それを知らぬげにうなずいた。

「数え切れないほど」

　異国の男は、そっと、自分の刺青に触れた。

「……痛かった？」

「……ああ、痛かった」

　周囲にたむろしている部下たちの沈黙の意味を、シャリースは肌で感じた。彼らにとって、それは、胸の抉《えぐ》られるような一言だった。刺青は、マドゥ＝アリが望んで入れたものではない。それは、彼が生まれてから初めて受けた、最も残酷な仕打ちだった。その時彼は、四歳になったばかりだったという。

　少女はまじまじと、彼の刺青を見つめた。周囲は暗くなりかけていたが、近付いて目を凝《こ》らせば、彼が受けた痛みの痕を、詳細に見て取れたはずだ。

「……どうしてそんなことしたの？」

　今こそ少女を連れ出すべきときかとシャリースは腰を浮かせかけたが、マドゥ＝アリは真っ直ぐに、好奇の眼差しを受け止めた。

「彼らは、俺が逃げ出せないようにしたかったんだ」

　答えた声は穏やかで、優しかった。

　マドゥ＝アリは、奴隷《どれい》としてこの世に生まれたのだという。

　彼の故郷では、肉体労働や戦闘に奴隷を使っていた。彼らは子供のうちに親から引き離され、顔面に、奴隷であることを示す刺青を入れられる。マドゥ＝アリはその時以来、戦闘用の奴隷として訓練されていたという。訓練という名の虐待《ぎゃくたい》であったことを、バンダル・アード＝ケナードの傭兵たちは皆知っている。マドゥ＝アリの背中には鞭《むち》打たれた傷跡が無数に残り、捩《ね》じり折られた左手の小指は、変形したまま固まっている。理由のない暴力にすら、マドゥ＝アリは慣れさせられていた。奴隷たちの主人はそうやって、奴隷たちから意志と尊厳を奪い去り、絶対服従を叩き込んだのだ。そして奴隷たちは、それを疑問に思うことすら許されなかった。

　戦いの最中、腹部に傷を受けたマドゥ＝アリは、その場で主人に捨てられた。ゆっくりと、緩慢な死を待っていた彼は、しかし一人の商人に拾われ、この地に辿り着いたのである。

　今でも、マドゥ＝アリは、一人の独立した人間として生きることに戸惑っている。

　故郷で、主人が彼の人生を完全に握っていたように、ここで彼は、シャリースとそのバンダルに全てを捧げていた。彼らのためなら、マドゥ＝アリは、自分の命をも簡単に捨ててみせるだろう。それを知っているからこそ、バンダル・アード＝ケナードの傭兵たちは、彼を守ろうとするのだ。軍服の肩に、彼の顔に刻まれた奴隷の烙印《らくいん》を縫い取らせ、それをバンダル・アード＝ケナードの印だと言い張っているのも、その表れである。

　だが、マドゥ＝アリ自身は、決して嘘をつかない。彼はいつも、ありのままを話す。不正直を咎められ、暴力を以《もっ》て罰せられるのを、彼は未だに恐れているかのようだった。

逃げるという言葉に、当然のことながら、少女は訳が判らないという顔になった。

「それをすると、逃げられないの？」

「……」

マドゥ＝アリはこの問いに、微かに目を眇めた。言われて初めて、自分の言葉の矛盾《むじゅん》に気付いたかのように。

「――俺は、逃げてきた」

やがて告げられた一言に、少女はにっこりと笑った。

「良かった」

彼女はライルの元に駆け戻り、シャリースは片手で、物言いたげなライルを遠ざけた。ついでに、やはり聞き耳を立てていたらしいキーレンにも、牽制《けんせい》の一瞥《いちべつ》を投げる。

買ってきたばかりの食糧が各自に行き渡り、彼らは久し振りに、まともな食事にありついた。

7

やり過ごしたはずのガルヴァ軍が反転し、南下しているという知らせが入ったのは、翌朝早くのことだった。

　ジャルドゥに入ろうとしていたモウダー人の商人が、その姿を見かけていた。林に潜んでいたエンレイズ軍にとって幸いだったのは、その商人が馬を駆って移動しており、ガルヴァ軍よりも、半日以上先んじていたことだ。

　敵は恐らく、自分たちの居場所を突き止めたのだろうと、シャリースは苦々しく考えた。口の中で毒づく。精一杯の手を講じているにも関わらず、彼らはまだ、どこから情報が漏《も》れているのか、突き止められていない。

　二人の傭兵《ようへい》隊長とその雇い主は、すぐさま、今後の方針を固めなければならなくなった。林の中で頭を付き合わせて座り込み、中心に地図を広げる。その周囲を、彼らの部下たちが、不安げな面持ちで取り囲んでいた。あからさまに覗《のぞ》き込んでくるほど図々しい者はいないが、皆が、彼らの一挙手一投足に注目している。キーレンの召使いであるネルも、木陰から覗き見るように、彼らを窺《うかが》っている。

「バンダル・ルアインのお陰で、数の上ではほぼ互角になったがな」

シャリースはじろりと、雇い主を見やった。

「だからといって、正面から突っ込んでいく気はねえぜ」

明らかに、正面から敵と対峙《たいじ》することを考えていたらしいキーレンは、傭兵隊長の言葉にたじろいだ。

「……では、どうすれば……?」

テレスがこっそり苦笑している。若い傭兵隊長と雇い主との力関係は、一目瞭然《りょうぜん》だ。だが、彼としても、他に方法がないとはっきりするまで、ガルヴォ軍と真っ向から激突する気はない。彼の仕事は雇い主を味方の元に送り届けることであり、敵を撃破することではないのだ。徒《いたずら》に部下を減らすような真似は、できるだけ避けたいと考えている。

「ばらばらに別れてジャルドゥに紛《まぎ》れ込むという手もある」

穏やかに、テレスはそう提案した。

「一時しのぎだが、敵を惑わせることはできる。奴らも、ジャルドゥの人込みで、戦いを仕掛けては来ないだろうからな」

シャリースは唸《うな》り声を上げながら、地図に見入った。

「悪くはないが、根本的な解決にはならねえな。もういい加減、奴らに追い回されるのはうんざりだ。俺たちにはまだ、多少の時間がある。それを有効に使いたい」

「何か、当てがあるような口振りだな」

テレスの指摘に、シャリースは唇《くちびる》を引き結んだ。

「ないわけじゃないんだが、うまくやらねえと、こっちの首を絞めることに……」

その時、野営地《やえいち》の外で、子供たちの騒ぐ声が聞こえてきた。

兵士たちは、ぎくりとしてそちらを見やった。子供とはいえ、これまで彼らは、たとえ遊んでいるときですら、大声を上げたことなどなかった。そして聞こえてきた声は、到底、遊んでいるという様子ではない。一人が金切り声で、ライルの名を呼んでいる。

弾《はじ》かれたようにライルがそちらへ走り出し、チェイスもその後を追った。間もなく、チェイスの怒鳴《どな》り声と、金属のぶつかり合う音が聞こえた。兵士たちにとっては馴染《なじ》みの音だ。誰かが、剣で戦っている。

シャリースは思わず、自分の剣の柄《つか》に触れた。腰を浮かせかける。

「一体何だ？」

「見てくる」

シャリースの呟《つぶや》きに答えを得るべく、ノールをはじめ数名が、そちらへ走った。物見高い何人かが、そちらへ首を伸ばしている。

子供たちの救援に向かった面々は、間もなく、兵士たちの間を掻《か》き分けるようにして戻ってきた。

先頭をやって来たノールは、肩に、一人の男を担いでいた。死んでいるのか、ただ意識が無いだけか、男は巨漢の肩にだらりとぶら下がっている。服装からすると、ジャルドゥか、その近郊に住む商人か何かのようだ。

唖然《あぜん》としている雇い主の前に、ノールは丁寧《ていねい》な手付きで、担いでいた男を下ろした。仰《あお》向けに寝かされたのは、無精髭《ぶしょうひげ》を生やした四十前後の男で、左のこめかみから血を流している。

「こいつだよ！」

ノールの周りに集まりながら、子供たちが口々に叫ぶ。

「こいつ！　ずっと俺たちの前をうろうろしてた奴！」

「そう、この人！」

その報告に、シャリースは身を乗り出した。

「本当かよ、おい」

男をまじまじと見下ろす。だが、それが誰かは判らなかった。見覚えがあるような気もしたが、どこで見たのかは全く思い出せない。

彼に半ば押しのけられたような形になったキーレンは、目を丸くして、見知らぬ男を見下ろしていた。まるで、今にも男が起き上がり、自分に襲い掛かってくるのを恐れているかのような顔だ。

「死んじまったか？」

男の身体を運んだノールが、心配そうに尋ねる。

シャリースは男の首筋に触れた。指先に脈が伝わってくる。生きている。頬《ほお》をひたひたと叩いてみたが、しかし、男は目を覚まさなかった。チェイスが少しばかりしおらしい顔で、シャリースの横にしゃがみ込む。

「すいません、ちょっと強くぶん殴りすぎましたかね」

シャリースは横目で、若者を見やった。


「……まあこの際、首を切り落とさなかっただけよしとしよう」

テレスが手を伸ばして、男の瞼《まぶた》を裏返す。眼球がごろりと動き、男は小さな呻《うめ》き声を上げた。

「大丈夫だ。多分、すぐに目を覚ますだろう」

シャリースは顔を上げ、手近な部下を目顔で呼んだ。立ち上がって、男の腹を長靴の爪先でつつく。

「悪いが、こいつを縛り上げて、見張っててくれ」

そして彼は、目を輝かせている子供たちを見下ろした。

「よくやったな」

一番年嵩《としかさ》の少年に、シャリースは声を掛けた。少年はうなずいた。明らかに、何かを期待する目をしている。

シャリースは、期待を裏切らなかった。

「これが報酬の残りだ」

最初の約束より多かったが、シャリースは相手に、銀貨を二枚握らせた。思った以上の収穫に、少年がにっこりと笑う。

　シャリースは、その少年の細い肩を摑《つか》んだ。少年はびくりとしたが、逃げようとはしない。

「いいか、よく聞け」

　シャリースは屈《かが》み込んで、少年と間近に目を合わせた。

「これを持って、安全な場所に逃げろ。これから俺たちの行くところでは、戦いが起こる。いっぺん戦いが始まったら、おまえらみたいなちびすけどもには、構ってなんかいられないからな」

　子供たちはしんと静まり返って、シャリースを見つめている。彼は背を伸ばして、子供たちの真面目な顔を見渡した。

「判ったか？　踏み潰《つぶ》されて死んじまわないように、俺たちからは離れてろ」

　神妙に、子供たちはうなずいた。彼らは戦場を知っている。死体漁《あさ》りが、彼らの生活の一部だ。シャリースの言葉に逆らえば、自分たちがどんな目に遭《あ》うか、彼らは正確に理解している。

　シャリースはライルへ顔を向けた。

「おまえは、どうする？」

　マントのない男に、彼は問いかける。

「ガキどもと一緒に行っても、いいんだぜ」

　ライルは真っ直ぐに、シャリースを見つめ返した。

「……最初に言いましたよね」

　探るような口調で、彼は言った。

「今の契約が切れるまで、バンダル・アード＝ケナードの中に入れてくれるって。少なくとも、働いた分の報酬はくれるって」

　シャリースはうなずいた。

「言った」

「なら、俺は残ります」

　シャリースは、ライルの目を覗き込んだ。だが、そこに恐怖の影はない。自暴自棄《じき》になっているわけでもないらしい。彼は、本気なのだ。

「……判った」

傭兵隊長の返事にライルは顎《あご》を引いた。そして、子供たちを野営地の外へと連れ出す。これから彼らへ行く先を指示し、別れを告げるのだろう。

その間にも、捕らえられた男については、兵士たちに話が伝わっていた。手足を縛り上げられ、地面に転がされた男を、皆が入れ代わり立ち代わり、見物していく。

シャリースは、それを気にも留めなかった。その時、彼の意識は、別のところに向けられていたのだ。

注意深く、彼は、兵士たちのたむろする林の中を見回した。ずっとキーレンに張り付いていたはずの、マドゥ＝アリの姿が見えなくなっていることに、今更ながら気付いたのである。

「……マドゥ＝アリは？」

キーレンに尋ねると、彼もまた困惑したように、きょろきょろ辺りを見回した。

「さっきまではいたようだが――」

シャリースは、漠然《ばくぜん》とした不安に襲われた。マドゥ＝アリは、命じられた任務を、途中で放棄するような男ではない。姿を消すには、相応の理由があるはずだが、シャリースには見当が付かなかった。エルディルもまた、姿が見えなくなっている。

誰かに捜しに行かせようかと考えたその時、傍《かたわ》らで鋭く息を吸い込む音がして、シャリースはそちらに目を向けた。いつの間にか近付いてきていたタッドが、驚愕《きょうがく》の面持ちで、地面に転がされた男を見ている。

「……知り合いか？」

シャリースの問いに、タッドはのろのろとうなずいた。

「これは、モラーだ」

「……モラーって誰だ」

「バンダル・フィークスの仲間だ」

意識のない男を見下ろしながら、タッドは答える。その声が、不意に途切れ、小さくなる。

「……仲間……だった……」

縛られた男が、その時微《かす》かに身じろいだ。

「シャリース」

テレスが彼に、自分の水筒を寄越《よこ》した。身振りで、片手で男の頭部を指す。中身を、男の顔にぶちまけろというのだ。

シャリースは肩をすくめ、言われたとおり、男の顔面に水を注《そそ》ぎかけた。男が身震いし、目を開ける。大きく口を開けて喘《あえ》いだが、ちょうどそこに水が入って、彼は咳き込んだ。そこで初めて、自分が縛り上げられていたことに気付いたらしく、彼は身体を捩《ねじ》って縄から抜け出そうとした。憎しみの籠《こ》もった眼差《まなざ》しで、自分を溺《おぼ》れさせようとした男を見上げる。

「てめえ、一体……」

「久し振りだな、モラー」

冷たく声を掛けたのは、タッドだった。モラーはその声の主を見上げ、ごくりと唾《つば》を飲み込んだ。

「タッド」

「生きていたのか」

モラーは、歯を剝《む》き出して笑った。ようやく自分の置かれた状況を把握し、それと同時に、自棄《やけ》になったかのようだった。

「生憎《あいにく》と、悪運が強くてな」

タッドとモラーはそのまま睨《にら》み合った。シャリースは視界の隅で、バンダル・フィークスの灰色のマントを羽織《はお》った男たちが固まっているのを捉えた。皆一様に、自分の見ているものが信じられないという顔をしている。

シャリースはタッドの肩を叩き、一歩退かせた。

「感動の再会を邪魔して悪いが、おまえに訊きたいことがある、モラー」

名前を呼ばれて、モラーはシャリースへ視線を移した。その目が眇《すが》められる。

「……バンダル・アード＝ケナードのジア・シャリースだな」

「よく知ってるな」

うなずいて、シャリースは片頰を上げた。

「——ま、当然か。おまえはずっと、俺たちの後を付け回してきたんだから」

そしてようやく、シャリースも、相手をどこで見たのか思い出した。昔、バンダル・フィークスと共に仕事をした際、見かけたことがあったのだ。その時は、互いに名乗り合ったりなどしなかったが。

「それで、おまえさんは何だってまた、俺たちの周りをうろうろしてたんだ？」

馬鹿にしたように、モラーは鼻で笑った。

「散歩してただけさ」

「ふざけんな！」

怒鳴ったのは、タッドである。

「おまえが、ガルヴォ軍に情報を売ってたんだな⁉」

昔の同僚に、モラーは冷たい視線を向けた。

「だったらどうした」

それは、肯定の言葉だった。タッドが大きく息を吸い込む。その肩が微かに震えたのを、シャリースは認めた。

「……バンダル・フィークスを売ったのもおまえか」

タッドの唸るような問いに、モラーは不敵な笑みを浮かべてみせる。

「頭の傷はどうだ、タッド。ちょっとばかり、強く殴りすぎちまったか？　たまには、後ろにも気を付けた方がいいぜ」

挑発するように告げられた一言に、タッドは、縛られて身動きも出来ぬ相手へ殴りかかった。危ういところで、シャリースがその腕を押さえる。もう一方の腕は、テレスががっちりと摑んでいた。彼らは力ずくで、タッドをモラーから引き離した。

「何故そんなことを⁉」

仰向けに倒れんばかりの態勢で、タッドが喚《わめ》く。

「何故仲間を……」

「仲間？」

モラーは、かつての同僚をせせら笑った。

「仲間が何だ。エンレイズ軍が、俺に一体何をしてくれた⁉　奴らはただ奪っただけだ。それに引き換え、ガルヴァ軍は気前がいいぜ！　支払いを遅らせたり、誤魔化したりしねえ！」

傭兵たちの中には、この言葉に沈鬱《ちんうつ》な顔になった者もいた。モラーは、真実の一端を言葉にした。エンレイズは周辺諸国を制圧し、大陸を戦争に巻き込んだ。それによって、そこに生きる人間たちから、様々なものを奪い去ったのだ。

顔色を変えたのは、キーレンだった。

「おまえ……それでもエンレイズ人か⁉」

身を乗り出してモラーを罵《ののし》る。ようやく力の抜けたタッドをテレスに託し、シャリースは、キーレンの胸を押《お》し退けた。

「あんたは黙っててくれ。エンレイズ人の誇りだの、国への忠誠だの、そんな反吐《へど》の出るような戯言《たわごと》を聞かされるのはごめんだ」

「……」

呆気にとられて言葉を飲み込んだキーレンに、テレスが、少しばかり同情したような目を向ける。

「悪く思わないでくれ」

穏やかに、彼は雇い主へ執り成した。

「シャリースはセリンフィルド人だ。野蛮《やばん》な未開の土地の出なんだよ」

テレスの言葉を、シャリースはせせら笑った。

「田舎なのは認めるが、野蛮という点では、エンレイズに遠く及ばないぜ」

そして、モラーを見下ろす。相手は真っ向から、シャリースの視線を受け止めている。

「おまえの気持ちは判らんでもないが、だからといって、寛大《かんだい》にはなれねえな。おまえのお陰で、殺されそうになった身としては」

「……バンダル・フィークスは、おまえのせいで……」

搾《しぼ》り出すように呟いたのは、つい二日前、タッドと取っ組み合いの喧嘩《けんか》をやらかした男だ。タッドに殴られた顔の痣《あざ》が、青と黄色のまだらに変色している。

モラーは地面へ唾を吐いた。その目には、微塵《みじん》の後悔すらも無い。

「さっさと殺せ」

まるでその言葉に吸い寄せられたように、相手は剣に手を掛けた。仲間の制止の声も耳に入らぬ様子で、彼はモラーを、食いつかんばかりに睨み据《す》えている。

彼に剣を抜かせるなと、シャリースは、周囲にいる部下たちに合図した。モラーには、まだ訊かねばならないことがある。ここで殺させるわけにはいかないのだ。

緊張に張り詰めた空気の中へ、その時、白い狼《おおかみ》が飛び込んできた。

エルディルは転がされた男を見て喜んだ。躊躇《ためら》いもなく近付き、その身体を熱心に嗅ぎ回り始める。濡れた鼻面《はなづら》で喉《のど》の辺りに触れられて、初めて、モラーの顔色が変わった。剣で殺されるのは平気でも、狼に食い殺されるのは、受け入れがたい恐怖であるらしい。

その母親代わりの男が、騒ぎの中心へと姿を現した。

シャリースはほっとしたが、同時に、怪訝《けげん》にも思った。ゆっくりと歩いてくるマドゥ＝アリが、何故か、ネルの襟首《えりくび》をがっちりと掴んでいたからだ。

ネルは、今にも泣き出しそうな顔で、異国の男に拘束されていた。その哀れな姿に、キーレンが慌てて立ち上がる。

「一体何をしている⁉」

果敢《かかん》にマドゥ＝アリへ食って掛かったが、当のマドゥ＝アリは、シャリースへ視線を向けていた。

「ここから逃げ出そうとしていた」

淡々と報告する。シャリースは片眉《かたまゆ》を吊り上げた。

「ネルが？」

マドゥ＝アリはうなずく。ネルは目を上げようとしない。

「……どういうことだ」

キーレンの掠《かす》れた問い掛けに、ネルは答えなかった。シャリースは顎を撫《な》でながら、少年の横顔を眺めた。

「……何かネルに、用事を言いつけたか？」

「いや……」

キーレンがかぶりを振る。シャリースは溜息をついた。

「……そういうことか、ネル」

「……」

「おまえだったのか」

ネルは返事をしなかったが、答えはもう、明らかだった。

ネルは常に、キーレンの隣にいた。地図も見ていた。自分たちの位置も、これから通るであろう道筋も知っており、それを、外部に知らせることも出来た。キーレンの用事だと言えば、たとえそれが夜中であろうと、誰もが疑いの欠片《かけら》も持たず、この少年を通してやっただろう。

だが、そう長い時間、ネルは、キーレンの側を離れてはいられない。ネルは誰かに、その情報を渡さなければならない。

恐らくその相手が、モラーだったのだ。

モラーが捕まった途端、ネルが逃げようとした理由も、それで説明が付く。ネルが入手する情報を受け取るため、モラーは、彼らの側に潜んでいた。そして、ガルヴォ軍を誘導したのだ。

まるで膝《ひざ》を砕かれたようにキーレンがその場に座り込み、辺りはしばし、静まり返った。


ネルの荷物の中からは、エンレイズ軍の指令書が発見された。

受け取った手紙を、ネルは、主人に渡さなかった。彼の率いる部隊を、間違った方向へ導くためだ。手紙は、処分する機会が無いまま、持ち歩いていたのだという。ただ捨ててしまうには危険すぎ、火にくべようにも、火の側には常に誰かがいた。

「そいつのことは、もう忘れかけてました」

開き直ったように平静な口調で、ネルは言った。

「僕が何を持っていようと、誰も気に掛けませんでしたし」

モウダー南西部のレクタン近郊にある村へ来るようにと、その指令書には記されていた。彼らは、まるで逆の方角に引きずり出されてしまったということになる。

ダーゼ伯爵と落ち合うようにという偽の手紙は、モラーが書いたものだという。

モラーは、ダーゼ伯爵が死んだことを知らなかった。もし知っていたら、もっと巧妙な手紙を偽造していたことだろう。モラーは、裏切り者ではあったが、明晰《めいせき》な頭脳の持ち主だった。物乞いの子供たちの助けがなければ、彼らは今も、その存在にすら気付かなかったかもしれない。


発見された手紙の内容に、兵士たちは、一瞬虚脱状態に陥《おちい》った。だが、ぼんやりと座り込んでいる場合ではない。我に返るとすぐ、シャリースは部下の一人を選び出して、ジャルドゥに派遣《はけん》した。

「まずいい馬を一頭手に入れて、それからひとっ走り、レクタンに行って来てくれ」

彼はそう、指示を下した。

「エンレイズ軍がまだ、その辺りにいるかどうか見て来るんだ。もし見つけられたら、事情を説明して、俺たちは今そっちに向かっているところだと伝えてくれ」

「……大丈夫なんですか？」

細かい打ち合わせを終えてもなお、相手は不安そうだった。

「気付いたら、俺一人生き残ってたなんてことになったら、凄《すご》く後味悪いんですけど」

「用事が済んだら、すぐに戻って来い」

シャリースは、部下の肩を叩いた。そして、人の悪い笑みを浮かべてみせる。

「そうしたら、戦いに勝って味方と合流するにせよ、負けて死体が野晒《のざら》しになるにせよ、一緒に出来るからな」

ぶつくさ言いながらも、彼は伝令の役目を果たすべくジャルドゥの町へ向かい、残りの面々は、直ちに、南へ向けて行軍を開始した。

バンダル・アード＝ケナードが先頭に立ち、正規軍がそれに続き、バンダル・ルアインが殿《しんがり》を守った。モラーは縛られたまま、荷物のように、馬の背に積まれ、運ばれている。ネルはキーレンの馬に、寄り添うようにして歩いていた。縛られてはいなかったが、彼にとっては、縛られているも同然だっただろう。逃げようとすれば、白い狼が追ってくる。武器の一つも持たぬ人間の子供が、狼に勝てるわけはない。すぐに追いつかれ、容易《たやす》く地面に押し倒されてしまうだろう。

ネルは、キーレンがモウダーに入ってから雇ったのだという。

キーレンはまだ、少年が自分たちをガルヴォに売ったという事実が、信じられない様子だった。自分の横を歩くネルを見下ろし、衝撃から立ち直れぬ顔をしている。

「何故なんだ、ネル……」

打ちのめされたような小さな呟きに、ネルはちらりと、馬上の雇い主を見上げた。すぐに、視線を前方へ向ける。

「金をもらったからです」

彼は簡潔に説明した。

「――大金を。家族が数ヶ月間、楽に暮らせるだけの金です。受け取ったからには、仕事を果たさないと」

その前を歩いていたシャリースは、これを聞いて苦笑した。

「大した仕事振りだぜ。もう少しで、俺たちを全滅させるところだった」

キーレンの表情が悲しげに歪む。

「……我々は、友好的にやってきたと思っていたのだがな」

「そうですね」

ネルは、気のない様子でうなずいた。

「でも、僕はモウダー人ですから、エンレイズ人やガルヴァ人たちがどう殺し合おうと、構わないんです」

「……」

言葉を失って、キーレンはネルの頭を見下ろす。だがネルは顔を上げようとしない。シャリースは肩越しに、少年を振り返った。

「死刑になるかもしれないってことを、考えなかったのか？　エンレイズ軍の司令官に雇われた時点で、おまえはエンレイズ軍に組み込まれたんだ。裏切り者は、吊るされる。知らなかったじゃ済まされねえ」

「知ってました」

少年の返事は、奇妙なほど静かだった。

「でも、ガルヴァ軍のくれた額を考えれば、危険を冒すだけの価値があると思ったんです」

「――なるほどな」

彼はもう、覚悟を決めているのだと、シャリースは悟った。

マドゥ＝アリに捕らえられた時点で、彼は恐らく、負けを認めたのだ。少なくとも、家族は金を受け取っている。ネルは今、全てを諦《あきら》めたような顔で、黙々と歩き続けていた。少年の悲壮な覚悟を見るに堪《た》えず、シャリースも前を向いて歩を進める。

「……どうにかならないだろうか」

キーレンが声を潜めて相談を持ちかけてきたのは、彼らが道端で小休止を取っているときだった。

彼はわざわざ、シャリースを、他の者には声の届かぬ場所にまで連れ出した。雇い主の言葉に、シャリースは眉を上げる。キーレンがネルのことを言っているのは判ったが、彼自身には、どうにもならないことだというのも事実だった。

「ネルを雇ったのはあんただ」

シャリースは答えた。

「エンレイズ軍の軍規については、あんたの方が詳しいんじゃないのか？　俺にはどうしようもない。あの子のことは、エンレイズ軍の管轄《かんかつ》だ」

「だがあの子はまだ子供だ」

キーレンは言い募《つの》った。

「家族思いのいい子だ。それに、そもそもエンレイズ人ですらない」

「そういうことをいちいち考慮してたら、軍隊ってのは、動かなくなるもんじゃねえか？」

茶化しながら、しかし、シャリースはキーレンが本気であることを見て取った。一時の同情ではない。キーレンは本気で、少年の命を救いたがっている。

それならば、方法が、無いわけではないのだ。

「……巻き添えを食うのはごめんだ」

用心深く、シャリースはそう前置きした。キーレンが困惑した表情になる。

「どういうことだ」

「バンダル・アード＝ケナードの名前に傷が付くようなことはしたくないってことだ」

キーレンは目をしばたたいた。

「何も、そんなことは要求していない」

わざとらしく片眉を吊り上げて、シャリースは雇い主を見下ろした。

「あんた自身の名に傷が付くことに関しては、どうだ？　覚悟はあるか？」

「一体何が言いたい？」

キーレンの眉間《みけん》に、深い皺《しわ》が刻まれる。シャリースは肩をすくめた。

「単純なことさ。今、ネルは、正規軍の監視下にある。俺たち傭兵隊には、奴を監視しなければならない義理はない――あんたがそう命じない限りな。だから、夜中とか、あんたの部下たちがちょっと横向いてる隙に、逃がしちまえばいい。あんたの過失だ。上から、何かしらの処罰を受けるかもしれない。だが、ネルは家族の元へ帰れる」

キーレンはぽかんと口を開けた。

「そんな簡単なことか？」

「簡単か？」

皮肉な口調で、シャリースは聞き返した。

「あんたの経歴に、永遠の汚点が残るんだぜ？　軍での、今後の扱いにも影響が出るかもしれない。それでも、簡単だと言えるか？」

「簡単だ」

キーレンは決然とうなずいた。

「あの子が吊るされるところを見るくらいなら、それくらい、何でもない」

シャリースは唇の端で微笑《びしょう》した。

「部下たちには、くれぐれも見つからんようにしろよ。了見《りょうけん》の狭い奴だっているだろうからな」

熱心に、キーレンはその忠告を聞く。

「判った」

「それからな」

真面目な顔で、シャリースは付け加えた。

「今ここで交わされた会話は、一切無かったことにしてくれ。いいな？　俺たちはただ、天気のことや、水の補給場所について、他愛のない話をしてただけだ」

キーレンは小さく笑い、それから踵《きびす》を返すと、元いた場所へと戻っていった。数歩遅れて、シャリースも、その後を追った。


行軍を再開してしばらく経った頃、バンダル・ルアインの隊長は、雇い主に呼ばれた。

キーレンの姿を探して、テレスは自分のバンダルから抜け、正規軍の兵士たちを追い越し、更に先へ進んだ。やがて、キーレンが、列の先頭にいるのが見えた。その隣を、シャリースが歩いている。歩調を速めてバンダル・アード＝ケナードの傭兵たちを追い越して行きながら、テレスは、自分を呼びつけたのがキーレンではなく、シャリースであることを察した。

テレスの姿を見つけて、シャリースが片手を振る。その後ろを歩いていたエルディルがくるりと向きを変え、テレスのマントを嗅ぎにきた。その頭を撫でてやり、彼は狼と一緒に雇い主のところへ向かう。

キーレンの馬の後ろには、マドゥ＝アリが歩いている。シャリースの横にいるのは、アランデイルだった。テレスが知る限りでは最高の美男子だったが、この若い傭兵が見た目ほど軟弱ではないことは、彼もよく知っている。

「……最初に言っときますけど」

バンダル・ルアインの傭兵隊長を迎えて、アランデイルは開口一番そう告げた。

「これは、俺が考えたことじゃありませんからね」

「……一体何を企んだ？」

苦笑しながら、テレスはシャリースを見やった。悪巧みは、シャリースの得意とするところだ。シャリースは、悪びれもせずにやりと笑った。

「事態を打開するために、ちょっと、知り合いに協力を願おうと思ってな」

「向こうが、喜んで協力してくれるとは思いませんね」

アランデイルが、冷ややかに口を挟む。

「それに、あんなふうに別れた相手に、すぐまた会いに行くのは気が進みませんよ」

テレスは片眉を上げて、シャリースとアランデイルを見比べた。

「女の話なのか？」

シャリースは小さく笑い出した。

「いいや、違う。だが、女の話と同じくらいこじれてるのは確かだがな。とにかく、蠅《はえ》みたいにうるさく付きまとってくるガルヴォの野郎どもとは、そろそろ手を切っちまいたい」

テレスはうなずいた。敵の間諜《かんちょう》は捕らえたが、依然として、彼らが狙われている事実に変わりはない。

「しかし——本当にそんなことが許されるのか……？」

馬上から、キーレンが気弱そうな声を出す。シャリースは、そちらではなく、テレスの方に片目をつぶってみせた。

「許されるからやるんじゃなくて、出来るからやるんだ。頼りにしてるぜ、テレス。バンダル・ルアインがいてくれれば、多少の無茶も何とかなるだろうからな」

ガルヴォの斥候《せっこう》は、ようやく、目指すエンレイズ軍の姿を見つけた。

間諜からの連絡が突然途絶えて以降、ガルヴォ軍は、敵を見失ってしまっていた。司令官はこれに腹を立てた。敵を叩き潰す機会を幾度も得ていながら、その都度取り逃がしているのだ。もうこれ以上、失敗を重ねることは出来ない。一刻も早く敵の居場所を探し出せと、司令官はそう命じた。

エンレイズ軍に張り付いている間諜から、ジャルドゥにいるガルヴォ軍の協力者に情報が伝えられ、それから彼らの元へその知らせが渡るまで、かなり時間が経ってしまっていた。エンレイズ人たちがその気になれば、もう、はるか彼方へ移動してしまっているだろう。たとえ斥候が彼らを見つけたとしても、ガルヴォ軍が追いつけるとは限らない。

だが、自分たちは幸運に恵まれたと、斥候は考えた。

彼が身を潜める森の縁から、エンレイズ正規軍の、紺色の軍服を着た兵士たちが見える。彼らはこそこそと、石造りの廃墟《はいきょ》へと入り込んでいく。廃墟からは煙が立ち昇っており、彼らがそこで、しばしの時を過ごすつもりであることが窺えた。もしかしたら、そこに籠城《ろうじょう》して、援軍が来るのを待つつもりなのかもしれない。一緒にいるはずの傭兵の姿は見えなかったが、それは、大した問題ではないと、ガルヴォ人の斥候は考えた。彼らは既に、石の廃墟の中に入っているのかもしれないし、或《ある》いは、周辺を見回っているのかもしれない。大事なのは、傭兵ではなく、エンレイズの正規軍と、その司令官を打ち倒すことだ。

彼は直ちに本隊へ取って返し、その報告を受けたガルヴォの軍勢は、問題の廃墟へと急いだ。

彼らが現場に到着したのは、翌日の昼前になってからだった。

廃墟の周辺には、エンレイズ兵たちがたむろしている。火もずっと焚かれているようで、穏やかな風に、煙がたなびいているのが見える。一応周囲を警戒してはいるようだが、見たところ、それは形ばかりのようだ。出入り口を塞《ふさ》いでしまえば、袋の鼠《ねずみ》だろう。こちらは、それだけの兵力を備えている。

ガルヴォ軍の司令官は、配置を支持し、部下たちを突撃させた。

エンレイズ兵が、塀の崩れた部分から、慌てたように中へ逃げ込んでいくのが見えた。司令官は、その滑稽《こっけい》な様に笑い声を上げた。迎撃しているつもりか、廃墟の中から、数本の矢が弱々しく飛んできたが、いずれも、そのまま地面へ落ちた。

自身も馬の腹に拍車を当て、司令官は廃墟へと向かった。副官を裏門に割り当て、自分は、正面から突っ込むつもりだった。恐らくエンレイズ軍は、突然の襲撃に、廃墟の中で縮こまっているに違いない。打って出ようという勇気の持ち主はいないようだ。

その時、正面の門から、何者かが姿を現した。司令官は目を眇めた。一見して、それがエンレイズの兵士でないことは判った。それどころか、男ですらない。長いスカートをたくし上げるようにして出てきた中年の女が、突撃してくるガルヴォ兵たちを、ぽかんとした顔つきで眺める。

次の瞬間、悲鳴を上げて、女は中へ逃げ込んだ。司令官は困惑したが、女に気を取られていたのは僅《わず》かな間だった。その時左手の方から、兵士たちの悲鳴と共に、剣の打ち合わされる音が響き渡ったのだ。どこに潜んでいたのか、突如現れた黒衣の男たちが、彼の部隊の左翼を切り崩していた。皆、揃《そろ》いの濃青色のマントを身に着けている。司令官は狼狽《ろうばい》し、咄嗟《とっさ》に向きを変えて、そちらへ向かおうとした。

視界の隅に、紺色の軍隊が飛び込んできた。

ぎょっとして、彼はそちらを見やった。廃墟の中にいるはずのエンレイズ軍が、何故か彼らの背後に集結し、今まさに襲い掛かろうとしているのだ。

ガルヴァ兵たちの足が止まった。皆、狼狽している。どちらを向けばいいのかも判らない有様だ。こんなはずではなかったと、彼らは為《な》す術《すべ》もないままそう考える。楽に勝てるはずの戦だった。こんなはずではなかった。

逃げ場を求めて右翼を見やった彼らは、そこに、濃緑色のマントを着けた傭兵たちが突っ込んでくるのを見た。

状況は絶望的だった。三方を敵の兵士に囲まれ、突入していくはずだった廃墟の壁に、彼らは追い詰められた。廃墟の門は、今はしっかりと閉ざされている。混乱の中、ガルヴァの臙脂色《えんじいろ》の軍服を着た兵士たちが、次々に倒れていく。

司令官は必死に剣を振るおうとしたが、味方の混乱と敵の多さに、狙いはなかなか定まらなかった。突然、馬ががくりと前足を折り、彼は前へと投げ出された。敵の剣が馬の肩を傷つけたのだ。

幸い、地面は柔らかな草に覆《おお》われており、彼は骨折もせず、すぐに起き上がった。握り締めていた剣を振り回す。鋭い金属音を立てて、それは、敵の剣に受け止められた。

濃緑色のマントを着けた長身の傭兵が、彼を間近に見下ろしていた。

彼の剣は血に塗《まみ》れ、顔にまでガルヴァ人の血を浴びていたが、青灰色《せいかいしょく》の目は冷静だった。司令官をそれと見定め、真っ直ぐに、彼の命を狙いにきたの

だ。人を殺すのは単なる仕事だと、その表情は語っていた。敵の司令官を殺してしまえば、仕事は早く終わらせられると。

気力を振り絞って、司令官は、その傭兵の心臓を狙った。渾身《こんしん》の力で剣を突き出す。

だが、手応えは無かった。そして次の瞬間、彼は、腹に、熱い衝撃が加えられたのを感じた。

口の中に血の味が広がり、彼の意識は途切れた。

血腥《ちなまぐさ》い戦場を、シャリースはゆっくりと見回した。

黒い軍服を着た死者がいないのを、シャリースはまず確認した。エンレイズ正規軍の死者は四人。後はすべて、ガルヴォ人だ。生き残った敵は逃げ去り、エンレイズ軍は、彼らを逃がしてやった。司令官が死んだ以上、彼らが反撃に出てくることはまずないだろう。

気の早い傭兵たちが、死者の懐《ふところ》を探り始めている。敵の死体からの略奪は、彼らの権利だ。一介の兵士から取れるのは僅かばかりのものだけだが、それでも、何もないよりましだ。

驚いたことに、略奪者の中には、子供の姿もあった。あの、物乞いの子供たちである。彼らはシャリースの言いつけどおり、戦いの場には近寄らなかった。傭兵たちにすらその気配を感じさせず、子供たちはどこか実入りのいい町にでも行ったものだと考えられていたのだ。だが、彼らは隠れていただけだった。十分に離れた場所で戦闘が終わるのを待ち、そして再び顔を出したのだ。

シャリースは足の下に横たわる、敵の司令官を見下ろした。肋骨の下から心臓を貫かれ、こと切れている。剣に付いた血を拭《ぬぐ》いながら、テレスがゆっくりと、彼に近付いてきた。

「これが、敵の頭《かしら》か」

死体を見下ろしながら尋ねる。シャリースは肩をすくめた。

「多分な。とにかくこいつを殺した瞬間、ガルヴォの奴らは逃げてった」

アランデイルが、石造りの館を振り返りながらやって来た。彼もまた血塗れで、頬には血糊《ちのり》を手で擦《こす》った跡が付いている。しかし、本人に怪我はなさそうだ。

シャリースは金髪の若者へ、にやりとしてみせた。片手で、累々《るいるい》と連なる敵の死体を示す。

「これが、うまいやり方ってもんだろう？」

アランデイルは眉間に皺を寄せ、戦場を見渡した。

「……リグレはきっと、違う意見を持ってると思いますけどね」

ガルヴォの斥候がやって来たとき、その目前で、モウダー人貴族の館へ正規軍の兵士を誘導してみせたのは、アランデイルだった。

そこに滞在していた僅かな間に得た館内の知識と、内部の協力者を巧みに利用して、アランデイルは、住人に気付かれることなく、兵士たちを裏門から館内に入れたのである。もちろん、斥候が去ったのを見極めて、彼らは直ちに、リグレの屋敷から脱出した。エンレイズ人が、不当な手段でモウダー貴族の館に侵入したなどという証拠を、残してはならなかったのだ。幸い、リグレの館は、以前と全く変わっていなかった。壁の亀裂や穴、隙間の一つ一つまで、そのまま残っている。馬鹿正直に時間を掛けて全員が裏門を通過せずとも、兵士たちが這《は》い出る場所は、幾らでもあった。

斥候の動き、そしてガルヴォ軍本隊の動きを、エンレイズの二つの傭兵隊は、地面に這い蹲《つくば》り、生い茂る草の間から見張っていた。そして正規軍兵士の何人かが、囮《おとり》となって、リグレの館の周囲に配置された。敵が来たらすぐに逃げろと、彼らは指示されていた。

そして傭兵たちは、地面に伏せたまま待ち続けた。下手に動いて敵に見つかれば、この計略はその場で水泡に帰す。地面は湿り、うつ伏せていると、服の中にまで湿気が忍び込む。伸び放題の草が肌をくすぐり、虫が鼻先を飛び回る。待機時間は長く、不快だった。しかし待っただけの価値はあった。

襲い掛かる頃合を決定する役目は、バンダル・ルアインに任されていた。

彼らの襲撃を合図に、それぞれ別の場所に身を潜めていた正規軍とバンダル・アード＝ケナードが、攻撃を開始したのだ。

罠に掛かったガルヴォ兵の敗北は、その時点で決まった。

シャリースは成果に満足していた。雇い主であるキーレンが、彼らの方へやってくる。彼も、怪我一つしていないようだ。完璧《かんぺき》な仕事を果たしたマドゥ＝アリが、血で汚れた剣を提《さ》げたまま、律儀にその後を付いてくる。エルディルは、血の臭いに興奮して、闇雲に走り出して行ったらしい。戦場の端で、白いものが跳ねているのが見える。

「大変だぞ、シャリース」

さして困ってもいないような口調で、キーレンは言った。

「この騒ぎで、ネルが逃げてしまったようだ」

「――そいつはまずいな」

シャリースは小さく笑った。

「見張りを付けておかなかったのか」

「ああ、そうなんだ」

キーレンは、満足そうにうなずいた。

「元傭兵の――モラーといったか、あの男は厳重に見張らせておいたんだが、子供の方はすっかり忘れていた」

その茶番を聞きながら、テレスも知らん顔を決め込んでいる。既に傭兵たちは、ネルが逃亡しても見なかった振りするようにと、そう伝達を受けていた。結果的には、ネルは誰も殺さなかった。バンダル・アード＝ケナードの傭兵たちは雇い主の意向を受け入れ、隊長命令に従った。そしてバンダル・ルアインの傭兵たちも、戦友の立場を尊重した。

ガルヴァ軍は散り散りになり、ネルも去った。片付いていないのは、今、死体を跨《また》ぎ越えながら彼らの元に近付いてくる、モウダー人貴族の問題だけだ。

「――これはどういうことですかな、キーレン殿」

太った老人は、今にも金切り声で叫び出しそうな様子だった。禿《は》げ上がった頭まで、怒りで真っ赤に染まっている。対照的に、付き従ってきた白髪の召使いの顔は蒼白だった。血の臭いや、腹からはみ出した臓物、割られた頭などに、気分を悪くしているようだ。

「リグレ殿」

キーレンは、少しばかりばつの悪そうな顔で、モウダー貴族を見やった。

「お住まいの側でこのような事態となり、大変遺憾《いかん》です――」

「あんたんところに迷惑掛ける気は無かったんだが」

シャリースが後を引き取る。

「ちょうどここを通りかかったら、いきなりあいつらが襲い掛かってきてな。襲われたら、そりゃこっちだって、応戦しないわけにはいかないだろう」

憤然《ふんぜん》と、リグレはシャリースを睨み据える。

「そんな戯言を、私が信じるとでも思っているのか⁉　この小競《こぜ》り合いが始まる前から、私の館の周りをうろつきまわっていただろう！　気付かないとでも思っていたのか！」

シャリースは肩をすくめた。彼も、そんな言い訳がそのまま通用するなどと、図々しいことを考えていたわけではない。

「なあ、ちょっと取引をしないか」

血塗れの傭兵隊長に、軽い口調で持ちかけられて、リグレは顔をしかめた。

「……取引だと？」

「この間俺たちが捕まえてやった盗賊な、あんたのところで、まだ飼ってるんだろう？」

「……」

リグレが、上目遣《づか》いにシャリースを見やる。その目は、疑惑の色を湛《たた》えている。沈黙は、肯定とも否定とも取れたが、シャリースは答えを知っていた。盗賊たちがまだ館の地下の物置に監禁されていることを、昨日忍び込んだ際に、アランデイルが召使いの娘から聞き出していたからだ。

「ろくな扱いをしていないにせよ、まだ生きてるには違いねえよな」

「それがどうした」

リグレが唸る。シャリースは顎で、はるか南を指した。

「俺たちはここから、レクタンに向かう」

そして、唇の端を下げる。

「正確には、レクタンのちょいと東だって話だったが、とにかく、そこにエンレイズ軍が腰据えてることを、俺の部下が確認してきた。疑うなら、訊いてみてくれ」

言いながら戦場を見回したが、しかし、レクタンへ馬を走らせた部下は、手近な場所にはいなかった。少し離れた場所で、死体漁りに精を出しているのが見える。彼は今朝早く合流し、へとへとになりながらも戦闘に参加した。そして、それなりの見返りを得たようだ。

「……必要なら、後でな」

モウダー人の貴族に向き直り、シャリースは続けた。

「とにかく、厄介者《やっかいもの》の盗賊ども、俺たちが引き取って、一緒に本隊まで引きずってってやるよ。どうせ今も、悪党を一人護送中だからな。それで、貸し借り無しにしないか?」

リグレは明らかに、この提案を不愉快に思ったようだった。

「あの盗賊どもと、この死体の山とを交換しろだと?」

苦々しげに、彼は言った。

「馬鹿も休み休み言え。元はといえば、すべておまえたちエンレイズ軍が蒔《ま》いた種ではないか！　何故私が、そんな条件を飲まなければならない⁉」

「死体は、放っておけば、仲間たちが埋めに来るだろう」

 こともなげに、シャリースは言った。確証があるわけではなかったが、十分考えられることだ。

「俺たちがここからいなくなれば、生き残った奴らが、こいつらの墓を作ろうとするはずだ。放っておけばいい」

リグレはしかし、シャリースが期待するほど単純ではなかった。

「来なかったら？」

シャリースは肩をすくめてみせた。

「人を雇って、死体をまとめて焼けよ。灰が畑の、いい肥やしになるかも知れねえぜ」

「……」

「あんたは、エンレイズ軍の司令官を監禁し、脅《きょう》迫《はく》した」

埒《らち》が明かないと見て、シャリースは最後の札を切った。

「それを都合よく忘れないでくれ。国と国との問題にしようと思えば、出来るんだぜ」

白髪の召使いが、リグレに何事を囁《ささや》きかける。二人は声を潜めて話し合った。必死に頭を絞って、選択肢を天秤《てんびん》に掛けているのだろう。

いかにも退屈《たいくつ》したかのように、テレスが、人の脂《あぶら》に光る剣の刃を指でなぞった。

「そんなまどろこしいことをせずとも、今ここで、この二人の口を塞いでしまうという手もあるぞ、シャリース」

穏やかに、彼は指摘した。

「幸い、こんな状況だ。犯人はガルヴォ軍の不心得者だということで、片を付けられるだろう。俺たちはただ、彼らが襲われるのを見て、助けに走ったが間に合わなかった、残念だと、そう言って回ればいい。俺はさっさとここから引き上げて、剣を砥《と》ぎに行きたいんだ」

恐ろしい頰傷のある傭兵に淡々と言われ、リグレと召使いが、ぞっとしたような顔になった。キーレンも顔色を変えている。だが付き合いの長いシャリースは、それが、テレスの悪い冗談だということを知っている。

「気が進まないな」

真面目腐った口調で、シャリースは反論した。

「無実の罪を、死体におっ被せるなんてことは。これでも俺は、優しい男なんだ」

聞いていたアランデイルが、あらぬ方を見ながら鼻先で笑う。シャリースは横目で部下を睨んだが、リグレとその召使いは、これを、残忍な人間性の表れと取ってくれたようだった。

取引は成立した。

五日後、彼らはようやく、本隊のいるレクタン東部の平野に到着した。

キーレンはそのまま、上官の天幕へと呼ばれていった。犯罪人たちを引き渡した傭兵たちは、手持ち無沙汰《ぶさた》なまま、雇い主の帰りを待つ。彼が戻るまで、金を受け取れないのだ。それに、彼の処遇が、気にならないこともない。

一時間後、ようやく戻ってきたキーレンは、晴れやかな顔で、雇っていた二つの傭兵隊の隊長に面会した。

「……その顔だと、お咎《とが》めは軽かったか?」

シャリースの問いに、キーレンは唇の端を上げた。

「敵の間諜を不注意で逃がしてしまったことについては、きついお叱《しか》りを受けた」

そう言いながらも、表情は嬉しそうだ。

「しばらく謹慎《きんしん》して、司令官の務めについて学び直せと言われたよ。エンレイズに帰る」

心は既に、妻子の元へ飛んでいるようだ。思わず、シャリースはにやりとした。

「国に送り返されるんだ、少しは悔しそうな顔しろよ」

「そうだな」

慌てたように、キーレンは表情を取り繕《つくろ》った。

しかし、やはり小さな笑みを浮かべてしまう。

「君たちには世話になった」

「それが仕事だ」

テレスが素っ気なく応じる。

「礼はいらん。金さえ払ってもらえればいい」

シャリースはその隣でうなずいた。

「そうだ、俺たちは仕事をしただけだ」

それ以上、感傷的な言葉は交わされなかった。

シャリースとテレスは、それぞれ金を受け取って、雇い主と別れた。たむろする正規軍兵士たちの間を抜けて、傭兵たちの居場所へ向かう。黒衣の傭兵二人が、大金を手に歩いていく姿を、兵士たちは、畏《い》怖《ふ》と好奇心の入り混じった眼差しで見送る。

袋の重さを手で測りながら、頬傷の傭兵隊長は、シャリースを見やった。

「これからどうする」

シャリースは肩をすくめた。

「しばらくは、ここにいるさ。次の雇い主が決まるまでな。怪我で置いてきちまった部下どもの様子も見に行かなくちゃならんし。あんたは？」

「多分、俺たちもそうすることになるだろうな」

そして彼は、少しだけ、考え込む表情になった。

「金を分配してから、連中と話し合わなければならんだろうな。俺たちは、ここ最近忙しすぎた。少し休むべきかもしれん」

シャリースは、戦友の肩を叩いた。

「とにかく、今日はゆっくりするさ。後で一緒に飲もうぜ」

仲間の元へ去っていくテレスの後ろ姿を見送って、シャリースも、自分の傭兵隊に戻った。

部下たちは、彼を待ち構えていた。金の袋はすぐにゼーリックに渡され、彼とダルウィンが、二人掛かりで勘定を始める。

金のことはひとまず彼らに任せて、シャリースは、地面で寛《くつろ》ぐ部下たちを見渡した。殆《ほとん》どの者は、ゼーリックとダルウィンの手元に視線を集中させていたが、中には、別の方向を見ている者もいた。メイスレイが、その一人だ。

「あれを見ろ、シャリース」

シャリースが近付いてきたのに気付き、メイスレイは、北の地平線を指した。

「あいつら、付いてきてるぞ」

シャリースは目を眇めて、示された方角を見やった。小さく見えるのは、子供たちの影だ。物乞いの子供たちは、十分な距離を置いて、エンレイズ軍を監視している。兵士たちが何か取りこぼすのを、じっと待っているようだ。

片手で前髪を掻き上げながら、シャリースは苦笑した。

「逞《たくま》しいな、まったく」

そして、物静かな傭兵へ目を向ける。

「前も、ガキどもを見てたな。子供が好きなのか？　いっそ、一人か二人選んで、養子にしちまうって手もあるぜ」

メイスレイはかぶりを振った。穏やかな眼差しが、シャリースを見た。

「子供はもういらない」

「何だって？」

「ガルヴォ兵に殺されたとき、妻は妊娠していたそうだ」

感情のこもらぬ声で、彼は語った。

「近所に住んでいた女が、後になって教えてくれた。もし彼女が生きて、子供を産んでいたら、俺は今頃、傭兵稼業から足を洗っていたかもしれない。だが、もう、別の道を行く気はない」

「そうか」

シャリースはうなずいた。そして、メイスレイの、茶色のマントを眺めた。

「まだ、バンダル・アード＝ケナードに入りたいか？」

メイスレイは、半ば呆れたような目で、シャリースを見やった。

「最初から、そう言っているはずだが」

「もしかしたら、気を変えたんじゃないかと思ってな」

メイスレイはかぶりを振った。

「いや、気は変わっていない。あんたの下で戦えたら、幸せだと思っている」

「余計な世辞はいらねえぜ」

ゼーリックとダルウィンが金を数え、公平に分け、それが全員に行き渡るまで、シャリースは待った。全員が自分の報酬を手にし、安堵《あんど》の表情を浮かべたところで、部下たちを見渡す。

「この中には、まだ、バンダル・アード＝ケナードの傭兵でない人間が混じっているはずだな」

浮かれたざわめきが、その瞬間、ぴたりと止まった。新参者たちに、皆の視線が集まる。

「金は払った。出て行きたい奴は、ここでおさらばだ。さあ、どこか他所《よそ》へ行ってくれ」

呼びかけに、しかし、動く者はいなかった。ダルウィンが悪戯《いたずら》っぽい笑みを浮かべながら、隣にいたゼーリックを流し見る。

「ゼーリックは、そろそろ引退時なんじゃないか？」

言い古された冗談に、傭兵たちはにやにや笑う。シャリースは目線で、幼馴染《おさななじみ》を黙らせた。

「このままバンダル・アード＝ケナードに残りたい者は？」

メイスレイが、シャリースの前に立った。タッドもその隣に立ち、彼らの元同僚たちも、全員が並んだ。ライルも、その中に混じっている。シャリースは目を眇めて、若者を見やった。

「戦場でガルヴォ人を殺して、血が騒いだか？」

からかうようなシャリースの問いに、ライルは真面目な表情になった。

「何を考えたかは覚えてません——でも、俺は戦って、生き残りましたよ」

シャリースはうなずいた。そして、大きく息を吸い込む。

「バンダル・アード＝ケナードに入るには、全員に、同じ決め事を守ってもらうことになってる」

もったいぶった口調で、彼はそう言い渡した。バンダル・アード＝ケナードの傭兵たちが、目を輝かせながら、新入りたちの反応を窺っている。彼らは全員、同じ儀式を通過して、このバンダルの一員になったのだ。

「一番大事なのは、頭《かしら》は俺だってことだ」

シャリースは続けた。

「俺の命令には、何であろうと従ってもらう。どんな不条理なことでもな。俺が靴を舐《な》めろと言ったら、黙って靴を舐めろ。死ねと言ったら、大人しく死ぬんだ。それが嫌なら、今すぐ出て行ってもらおう」

本当ならば、新入りたちはここで、うろたえ、助けを求めて、周囲をおろおろ見回すはずだった。見物人たちは、それを見て笑うのだ。その瞬間が訪れるのを、傭兵たちは待ち構えている。

しかし、誰一人として、シャリースから目を逸《そ》らす者はいなかった。

「靴でも何でも舐めてやるさ」

タッドが、重々しく宣言する。

「もしあんたが、本当に、それが必要だと言うんならな」

新入りたちは、彼の言葉に揃ってうなずいた。

傭兵たちの間から落胆の呻きが漏れたが、新入りたちには、その意味が判らなかったことだろう。シャリースは苦笑しながら、彼らに片手を振ってみせた。

「あっちに、従軍商人の荷車がある。全員、すぐに行って、バンダル・アード＝ケナードのマントを誂《あつら》えてもらってこい。それから、お針子が見付かり次第、肩に刺繍《ししゅう》を入れるからな。バンダル・アードゥ＝ケナードの印を。覚えとけよ」

新入りたちは直ちに、隊長の命令に従った。

ゼーリックが、シャリースに水筒を押し付けてきた。蓋《ふた》を取ると、ブランデーの香りが鼻先に漂《ただよ》ってくる。恐らく、ゼーリックの取って置きだ。

シャリースは、長々とそれを呷《あお》った。蓋を閉め直し、ゼーリックに返す。

薄汚れ、疲れ果てた部下たちを見ながら、彼は、満足の溜息を漏らした。

あとがき

お待たせ致しました、「バンダル・アード＝ケナード」シリーズ、第二話をお届け致します。

いやはや、一話目が刊行されてから長いこと経ってしまいましたが——こちらも色々あったんですよ、色々……（遠い目）。しかしまあ、苦労のあれこれをここで蒸し返しても、鬱々《うつうつ》とするだけで何の得にもならないので、この際すっぱりと忘れることに致します。とにかく、書き上がって良かった、うん！


さて、その「色々」の中には、英国旅行も含まれておりました。

イギリスに行って六月の薔薇《ばら》が見たい、などと、母が言い出したのです。薔薇なんか、いつどこで見ようと同じ花じゃないかと、園芸に興味のない私は思うのですが、ガーデナーである母にとっては違うらしいのです。何がどう違うのか、説明されても、私にはよく判らんかったのですが……。

そして、行って来ました英国。

私の機内手荷物の中には、一通の分厚い茶封筒が入っていました。中身は、この本のゲラ刷りです。同じく機内手荷物の中には、赤ペンや修正液、付箋《ふせん》などの入ったペンケースも収められております。

ええ、やりましたとも、飛行機の中で著者校正を！

乗務員や、トイレに行くため脇の通路を通る人々の好奇の視線を浴びながら、ゲラをぐりぐり赤くしてました。ああ、折角の海外旅行なのに、何でこんなことに……と、悲劇に酔いながら。ついでに飛行機にも酔ったりすると、ネタとしては面白かったのですが、生憎《あいにく》というか、幸いというか、乗り物酔いはしませんでした。

しかし、肩はばりばりにこりました。

元々肩こりのひどい人ではあったんですが、飛行機の座席で長時間赤ペンを握り締めていたせいか、乗り換え地のアムステルダムはスキポール空港に到着したときには、右肩には痛みが走り、背中までみしみしいっている有様。おおお、辛い……と思っていたところ、スキポール空港の案内を見たらば、そこに、マッサージコーナーというものがあるではないですか！　時間も余っていることだし、いっちょ揉《も》んでもらおうじゃないか！　と、喜び勇んで行ったところ――そこで客の背中を揉んでいたのは、黒いぴちぴちしたTシャツを着た、マッチョなスキンヘッドのお兄さん……！

い……いかん、こんな人に揉まれたら、私なんか、完膚《かんぷ》なきまでに叩きのめされてしまう！

旅行中の怪我なら傷害保険でカバーできるだろうけど、これから観光旅行だってのに、肋骨《ろっこつ》折ったり、内臓破裂したりしている場合ではない！

……そういうわけで、マッサージは受けられませんでした……。

さて、肩こりの人に運ばれて、ゲラは、エディンバラからロンドンへと旅をしました。しかし、「どんなときでもゲラは手離さない！」……というほど、ワタクシ仕事熱心ではございませんので、ゲラは、観光してません……。

私は観光してきましたよ、ええ。かねてより行きたいと思っていたエディンバラ城へ、喜び勇んで突入していったり。このお城、中世の時代から増改築を繰り返してきた要塞《ようさい》で、その佇《たたず》まいだけでも十分に立派だというのに、中に作られている博物館の展示物も、規模が小さいながら素晴らしかったです。うっわー、ダーク（スコットランドの短剣）かっこいい！　とか、わー、フランスのイーグル（フランス歩兵隊のシンボル。これを奪われることは、フランス軍にとって最大の屈辱《くつじょく》）だー、とか（展示品は、ワーテルローの戦いにおける、スコッツ・グレイズ連隊の戦利品）、何だか殺伐《さつばつ》たる方面で大喜びのワタクシ……。まあ、私がどんな人間かは、こんな小説書いている時点で、皆々様にも大体お察しいただけることと思いますが――。

中世騎士物語の王道「アイヴァンホー」の作者、ウォルター・スコットの像や（単に像というには、あまりにも立派なモニュメント建ってましたが）、グレイフライアーズ・ボビーの銅像も見物しました。このボビーというのは、主人の死後、十四年に亘《わた》ってその墓を守り続けたという、忠義者のスカイテリアです。エディンバラの町なかに、控えめな銅像が作られているのですが、ボビーと一緒に写真撮るんだー、と、いそいそ行ったら、なんとそこにはライバルが！　どこそのおっさんが、熱心にばしゃばしゃ写真撮りまくっていて、迂闊《うかつ》に近寄れません。くそう、私のボビーに！　と、ぶつぶつ言いつつ、とりあえずごはん食べに行ったらば、折りしもその日は、地元エディンバラ大学の卒業式！（多分）レストランでは、黒いガウンを着た初々しい若者たちを囲み、それぞれの家族や親戚が、お祝いの宴《うたげ》の真っ最中です。そんな中に、ただの観光客が、しけた昼食摂《と》っててすいません……と、何だか肩身狭くごはんを掻《か》っ込む羽目となりました。いいやでも、卒業生たち、みんなにこにこ嬉しそうで、かわいかったですよ。いいもの見せて頂きました。

その後、ボビーの写真も無事に撮れました。どさくさに紛《まぎ》れて、卒業生の写真も撮っちゃえばよかったかな、と、今になってから思いましたが（やはりあの黒ガウンはかっこいいですよ）——隠し撮りの技術も無いので、まあいい……（いやそれ以前の問題が……）。

そういうわけで、旅行は楽しかったのですが（母も無事、六月の薔薇を見てこられました）、日本に帰ってきても、著者校正はまだ終わっていなかったのでした……。

ようやく著者校正を終え、今あとがきを書き終えたら、ひとまず私の仕事は終わりです。え？次？　次のことなんか、全然決まってませんよ、はっはっは。……まあ、てめえはもうクビだ！と言われなければ、次も、ジア・シャリース率いるむさいおっさんどもの話を書いていると思われます。……考えてみれば、前作以上に、おっさん度が非常に高かった気がしますが——み……

皆様、大丈夫でしたか……？（今更）

むさくるしい話をお読み頂き、どうもありがとうございました。次がありましたら、またどうぞよろしくお願い致します。

駒崎優

なかなかなアレ。
by HITAKI
あいつ、あんなでもなかなかだぞ。
見ててみ。
ぴと
チョウチョ
!
…
ヒラヒラ
!
トンボ
すーい
ピタ
すい
…
プーン
ハエ
わしゃわしゃしゃしゃ!!!
プイイイイイ!!
凄!!
!?
しゅうう…
…
すんすん
くんくん
「臭っているのか!? 俺は…!!」
…という仕草。
はじめにもどる。
なっ!?
素質あるだろ?
?
素質?
….なんの?
疑惑を残したまま終了!
THANKS♡
ちょ…??
オレの出番は!?
ココだけ♡

ご感想・ご意見をお寄せください。

イラストの投稿も受け付けております。

なお、投稿作品をお送りいただく際には、編集部
(tel:03-3563-3692、e-mail:cnovels@chuko.co.jp)

まで、事前に必ずご連絡ください。

〒104-8320　東京都中央区京橋2-8-7
中央公論新社　C★NOVELS編集部

あの花《はな》に手《て》が届《とど》けば
——バンダル・アード=ケナード

2006年9月25日　初版発行

著　者　駒崎《こまざき》　優《ゆう》
発行者　早川　準一

印刷　三晃印刷（本文）
　　　大熊整美堂（カバー）
製本　小泉製本

発行所　中央公論新社
〒104-8320　東京都中央区京橋2-8-7
電話　販売部03(3563)1431
　　　編集部03(3563)3692
URL　http://www.chuko.co.jp/

Published by CHUOKORON-SHINSHA, INC.
Printed in Japan　ISBN4-12-500957-0 C0293
